U0891924

人人都爱在水边

许辉——著

北京出版集团公司
北京十月文艺出版社

目录

CONTENTS

一种成功

盛夏还没有过去，天气仍然酷热，但毕竟离秋天已经不太远了，在人们的心里，逐渐地产生了一些凉爽的快意，因此走在湖湾的湿地旁边，在感觉上，就不那么热不可耐了。

盛暑的下午，我一个人在湖湾的湿地边行走，太阳晒人，天空也比较白蓝，没有云彩，但这不算什么，人在太阳下短暂地晒一晒，我觉得是好的，出一些汗，合成一些身体需要的元素，敞开心怀，迈开大步，自有一番情趣和自信在其中。毕竟，人有时间、有精力、有情绪、有心境，在水边走一走，自愿地晒晒太阳，只能说是人生的一种成功，而不能说是人生的一种失败。

能够支配自己的人生，还不就是一种成功？

2016年8月18日

湖湾里长满了蒲草

湖湾里多处长满了蒲草，有些地方密集得看不清究里。蒲草的根扎在浅水下面的泥里，大部分叶子都直立在水面上，是常见的挺水植物，它们扁长的叶子高达两三米。也许是多日不雨的原因，有些蒲草的顶部有点儿发黄。

突然，我看见密集的蒲草叶的缝隙里有一只肥肥的野水鸡慢悠悠地浮过，转到另一棵蒲草后面不见了。它悠然得真有点儿过分，真有点儿叫人嫉妒了呀！待我定睛再看，却再也看不见什么踪影了。

我却定睛看到了蒲草们结的果实：蒲棒。

蒲棒的颜色是深灰色的，像一根深灰色的烤肉肠。蒲棒上有无数个带茸毛的种子。茸毛有相当于降落伞的功能，当它们成熟以后，一阵风吹来，会把蒲棒上的种子吹向四面八方，遇到合适的水土，就能生根发芽。这是植物的进化策略。

XH 2016.9.6
蒲草与蒲种

楮树覆盖的低岗

天气越热，我的步态反而越轻松。

因为我知道这正是我要的生活。

我也知道前头还有无数的好奇和未知，还有无尽的滋味和有趣。

湖湾边有许多楮树。一片露着石头的低岗，更是被大大小小的楮树遮盖得风雨不透，湖岸旁、河堤边、小路边和闲地里，到处都生长着筷子粗和碗口粗的楮树。楮树又叫构树，是一种桑科落叶小乔木。这些楮树都不是人工种植的，看样子，楮树有着极强的生存能力，即便环境并不如意，土地比较贫瘠，但是没有关系，它们并不指望或不奢望有上好的待遇，见土便着，得雨扎根，自个儿便活出一片自个儿的天地来了。

在北方，楮树的叶子可以用来喂羊。在南方，至少在沿江地区，羊养得少，楮树的叶子就不知道还能派什么用场了。

7 月底正是楮树结果的时候，站在树下，扬脸看去，在蓝天的衬映下，楮树上挂满了楮桃：青果儿和红果儿。青果儿很像没成熟的板栗，红果儿却红得鲜艳，如此便引来馋嘴的鸟儿，连果带核吃下去，就把楮树的基因，传播到了四面八方。

童话般的迷离

路上有两只野斑鸠在散步。

水边有两棵柿子树，还有一棵枣树，一棵梨树。

我坐在有楮树遮盖的湖岸湿地的土岸上，眯着眼瞅光斑闪闪的湖面，盛暑的阳光照得湖面幻化出童话般的迷离。

湖岸边，一只小划子正搁在木板上晒干。八月份可能就要开湖了，渔人们要提前做好准备，把小划子、小渔盆晒干，抹上清漆桐油，开湖以后，把小划子扛到湖边，推进水里，就每一天都见得着鱼鲜了。按照先后顺序，先捞湖虾，再捞鲹条，再捞白丝，再捞湖鲤，依序而行，直到仲冬。天太冷了，人就下不去湖了，因为渔网从水里拉上来就结冰了。

秋季的鱼虾，从水里打捞上来，有一部分被等在湖岸边的鱼贩子收走了，有一部分由家里的女人运到集市上去出售了，还有一部分就在湖边的一个小码头上就地加工。小渔盆和小渔船来到湖边的小码头，小码头此刻还是风急浪高呢，好不容易靠上码头，卸下鱼鲜，

小渔盆和小渔船又义无反顾地顶着风浪，划进湖浪的深处去了。

小码头上的工人们身着胶皮的连体衣，忙着分拣新鲜的鱼货，忙得连话都顾不上说，小码头运货的车就等在堤岸上呢。从一个过秤的妇女手里买下几斤鱼鲜，这绝对对得起晚上的期待了！

牛筋草草棵子底下有蛇吗？

盛暑时节的早晨，晴空万里，气温也是高的。

喜鹊在大榆树上喳喳地叫。知了叫成一片，却不知道它们在哪棵树上。

水边的小路上长满了健康状况良好的毛谷谷草。毛谷谷草长得挺拔、高挑，很有些草类女郎的意思。现在，七月底八月初，它的顶端已经结出了像谷子一样的果实，也许正因如此，人们才俗称它为毛谷谷草（狗尾巴草）。

牛筋草颜色深绿，茎秆筋道，一棵草就能遮住一片道路。人要走过去时，就必须从它们不可目视的大草棵子底下蹚过去，但牛筋草草棵子底下会有蛇吗？会有青蛙吗？会有其他小动物吗？但是草棵子底下一概看不见。只得心一横，把脚伸过去，走过这片牛筋草称霸的地方。

不知道为什么蛇麻花也在花期中，它们开着白白的序状花，像一个织工华丽的花边托盘。记忆中淮河以北的蛇麻花开花是在小麦

草棵子底
下有蛇吗？
许辉2016年9月6日

秀穗成熟的季节，也就是阳历四月到六月，江淮之间的季节比淮北要早一些，蛇麻花应该早就开过了呢。

一只牛背鹭缓慢地从水渠边的流水口飞起来，飞了二三十米，落在一片芦苇丛里，又飞起来，落在一只卧在湿草地里反刍的水牛背上。因此它叫牛背鹭。

一丛蔷薇把枝条伸向水里，现在不是野蔷薇的花期，春天才是它们开花的时节。野蔷薇的花虽然不大，但姹紫嫣红，五彩缤纷，花朵又多，很能开出一片热闹来！

农人的足迹早就来到了水边

不要忽略了湖湾、河口、湿地边的农作物呀！农人的足迹早就来到了水边，来到了湿地的附近。农作物是我们在水边行走时景观的一部分。我们多少已经习惯了自然景观和人工景观的混合，如果只有自然景观，那可能会显得荒芜；但如果只有人工景观，又可能显得虚假。

高粱只见得到零星的存在，它们在长江流域很难大面积种植，即使种植了，品质也会下降或改变。高粱种植的南界是淮河，到了长江流域，自然难以畅快生长。

芝麻在水边小块的脊地上花开繁盛，此刻，它们从下而上开着白白的花，怪不得说“芝麻开花节节高”呢，芝麻真是从底下开始，一节一节往上开着花的。

杂草中还有几棵蓖麻，现在这可是稀罕物呢。蓖麻的籽叫蓖麻子，可以榨油，榨出来的油叫蓖麻油，可以食用。在四十年前物质匮乏的年代，蓖麻油不算是差的油，虽然它比不上香油（芝麻油）、花生油、豆油好吃，但却比棉籽油好吃。棉籽油就是用棉花籽榨的油。棉籽油吃前一定要炼一炼，棉籽油倒进热锅里炼的时候，一个村子都能闻到一股呛人的怪味。棉籽油真不是人吃的！但那时候不吃也不行，因为没有别的油吃。历史的那一页早就翻过去了。

玉米在水边的农地里长势良好，这种作物原产于中美洲，明朝时引入中国，它产量高，不择地。玉米和红芋（山芋）的引进，对中国农业生产产生了巨大影响，它们产量高，耐瘠耐旱，在山区和狭小的地块都可以生长，现在到处都见得到它们的身影。玉米好吃是好吃，但为了提高产量，在盛夏酷暑时节钻进玉米地打玉米老叶，却是最难受的活计。玉米地密不透风、闷热不堪不说，玉米叶划破人的胳膊、腿后又被汗水腌渍，最不堪忍受，蚜虫还会弄得人一身一脸，痒痒抓抓的，腻歪得不得了。

但是，记忆都是美好的，现在回忆四十年前在农村插队干活受累，心里却觉得是一段有滋有味的人生呢。

驯化的动物

湿地附近的荷池边出现了几间临时看护用的红砖房和一些动物，它们是水牛，散养的鸡、鸭和鹅，一只黄色的土狗，几只在树底下吃草的小兔子，三大两小五只羊，一只哼哼大睡的黑毛猪。

我走过这里的时候，看见它们，就想起了动物的驯化。

水牛、鸡、鸭、鹅、猪、狗、兔、羊都是驯化动物。水牛可以耕地、拉车，肉可以作为人类的食品；鸡、鸭和鹅为我们提供肉食和蛋；猪为人类提供肉食，猪肉也是中国人消费最多、最重要的肉食；狗能看家护院，帮助人们做许多事；兔子能为我们提供兔毛和兔肉；羊能为我们提供奶制品和肉食。

牛背鹭就不算驯化动物了，这一方面是因为牛背鹭对人类而言没有较多的利用价值，另一方面牛背鹭可能也无法驯化，人工饲养它们的时候，它们可能会很快死亡。

据说大象也不能驯化，因为大象在人工环境下不能正常繁殖，虽然我们有时候看到人高高在上地骑在大象的背上，大象也是很听话的样子。

对了，我们忘了一个重要而有趣的驯化动物：蜜蜂！

更准确地说，蜜蜂是被人类驯化的昆虫，它们为人类提供可口得不得了的蜂蜜！蜂王浆虽然营养价值高，但并不好喝。

在对面的小山坡上，帐篷旁摆放着一排蜂箱，蜜蜂们嗡嗡地进出不停，它们的勤劳是有目共睹的。另外，养蜂人的生活也似乎永远充满神秘感和无尽的趣味。

类似的昆虫还有蚕。

节肢动物门昆虫纲的蜜蜂是有名的驯化昆虫

许辉 2016年8月16日五闲阁

心形石

和太太一起走在水边时，太太发现了一块心形石，就从卵石堆里翻它出来，把它带回了家中。

起初并没有人认识到它像什么。

它埋没在太太搬回家的一堆石头中，不起眼，也不出众。

它做过许多用途，做过许多服务工作：和一堆石头在阳台上摆过造型，丢弃在后阳台上任由风吹雨淋，和另一些石头一起固定住过一个电视接收器，最后被我当作顶门石顶在一个门上（因为面湖的房子常有大风吹过）。

却依然没有人单独记得它。

它的命途也就是默默无闻地坚守在命途安排给它的岗位上。

可是有一天我单独一人心静如水时，盯着它看了许久许久，发现它是一块心形石，或肾形石。

于是那一天我没说一句话，只是把摩着心形石，和它做无言的交流，又把它带到野外的水边去，体味它在天地万物中的变化或内

蕴，看看它是否有作为象征物的独特性和独有性。

它在室内在室外在天地中都默然无言，朴质独在，这仿佛正是它的品性，正是它的内在，正是它的深厚：我们来我们不来，我们得我们不得，它都存在在那里，它都是原形原貌的，它都具有相同的象征意义，它都不曾改变质地。

就像我们身体里的心，我们意识到它们，它们坚守在那里，顶住风雨的袭击，我们意识不到它们，它们也坚守在那里，依然顶住风雨的袭击。我们意识到它们，意识不到它们，都改变不了它们的内容，改变不了它们的性质，改变不了它们的面貌。

它们并非是为让我们意识到而存在在那里、而坚守在那里的。

在大别山的水边搬石头

我想起二十年前的1996年写的一篇散文,散文的题目叫《晓天》。

晓天是大别山里的一个小镇。其实山到了这里，已经是余兴了。山不很大，但依然清秀。我第一次来，是1991年的秋天，那时正逢阴雨，山色迷蒙，细雨霏霏，山里的苔藓都长得青嫩水汪，我还从没见过长得这样盛长的苔藓呢，临走时用塑料袋带了好多，回家去装饰了我的盆景。

晓天是个老镇，有一条古街，街两边都是铺面。许是因为雨的缘故，许是历来如此，街面以及人家，都干干净净，呈现了一种南方的玲珑素雅来。

蒙蒙细雨中我在老街上漫行。老街只有三五米宽，左顾右盼，渐就沉入那种古朴的意境中去了。街巷清寂，因了雨，赶街的人甚少，但每家铺面里，都有一两个人：或少妇，织着红线的毛衣；或老妇，拾掇着零活，脚畔静静地蹲一只干净的白猫；或竟是一个清面白脸的年轻男人，自捧了一本书，独个儿在铺面里，相对了黑

XH2016.8.18
在大别山的水边搬石头

白分明的围棋打谱，那副全神贯注、物我皆忘的形态，真正是一份古典文学名著里的氛围。街两侧还有些甚老的屋、墙，树的枝丫从墙洞里伸出来，展示在古镇沉静宁祥的空气中。老屋里的天井也真深，里头又摆满了犁、锄、盆、罐等千百年前就有的东西，更引人往深一些的地方去想。但想来想去，也只能想一两个简单的层面出来。

晓天河就从镇外交汇了往外、往下流去。往外，是往山外，往下，也就是往山下了。河水都极清，哗哗哗哗地流，一刻半晌都不停。河滩上的石头也极多，大大小小的圆形、椭圆形，以及别的流线的形状。看见这些石头，脚便走不动了，孩子一样的，在河滩上流连忘返，捡石头。捡着捡着，便忘了来晓天的“正事”了，也忘记了天色的早晚了。捡了一小袋石头回到旅店，一晚上都翻来覆去地看，翻来覆去地摸，翻来覆去地想。

想这些石头原先的模样：或许就是山里一块几吨重的大岩石，棱角分明。下着大雨了，山松了，岩石从高崖上滚下来了，滚动到低洼的地方了，破碎成几块。也都还挺大的，都还有成百上千斤呢。又下着大雨了，山洪从山顶冲下来，把石冲进了河里。石又碎成了几块，每块也还有几十斤、上百斤呢。水冲刷它们，把它们一点一滴地往下流推……过了好些个春、夏、秋、冬了，石被推在了这块地方。这地方渐渐有了人了。人渐渐把这块地方呼为“晓天”了。人渐渐多了。渐又聚合成个小街铺了。天又下着雨了，街面上来了个捡石头的闲逛的人……圆石就是这么来的吧？

第二天,从镇铺里买了个大尼龙袋,又去河滩里捡。捡那些更大、更圆、更奇的。一袋、一袋，奇怪而沉重地背回旅店里去，在房间里堆着。人，抽着烟，坐在石堆边，翻来覆去地看，翻来覆去地摸，翻来覆去地想。真是的，人和石头，都算什么呢？时间的耐力才最深刻呢。渐就想成了个无底洞。

这次再来时,也是秋日。天却是大晴。来时天已经晚了,吃过饭,径直便往河滩上去了。天地间，一轮明月，缓缓地升起来。坐在河滩的卵石上，望着巨大的河滩和巨大的山体，听着哗哗哗哗不绝于耳的山水奔流声，一时间，心里什么都想不起来了，什么都想不起来了。脑际里一片空白，就如石雕般铸坐着。

秋夜是渐凉了，但心绪却是毫不波动。只想，就这样坐着呗！就这样坐着呗！坐成个永久、永远、永恒吧！这也就是人们常说，却又都说不清道不明的，那个最高和最后的境界吧？！

那个地方只有我们知道

那次我们做东，邀许多朋友来水边玩，来草毯山玩。后来朋友说到这个地方，就故意对外人保持神秘，说:“那个地方只有我们知道。”这是一种排他性的独享的共同记忆，是共同的怀念、共同的认知。

我们走过水边的栈桥，在毛茸茸的草毯山上摆“心”形造型，在毛白杨下垂钓观水，在水边的芦苇丛中迷失方向，争论近岸的细叶植物是萱草还是菖蒲，模仿古人品茗敲棋的古朴意境，红烧老公鸡上桌时却都失了君子淑女相。

先有圈子，后有时代。

先有圈子，再塑人生。

雨露风霜里总要想一想，那个只有我们才知道的地方。

我常坐在湖岸想东想西

除了初春、盛夏、仲秋，深冬时节我也常来湖岸边看天看湖看彩云。

深冬时节我也常来湖岸边想东想西想迷离。

深冬时节，阳光直射在脸上，有一种蒸烤的感觉，但我知道车外很冷，我不会开门出去，我要享受暖热的快乐。

阳光明媚到看不清眼前的枯苇，但枯苇在寒风中的晃动一刻不会停止，因为它们一直是和谐于湿地和湿地上的风的。

此刻我什么都听不见，只听得见吹过枯苇的寒风。但我的身和心都是暖的，我的四肢也伸展得开，我的感性在滋滋地萌发，破土而出，这在寒冷中是做不到的。

我的小心情也在萌生：现在让我想想哦，想想哦，我要去穿云破雾，直上九霄，那时就能长时间地听到风声，呼呼的风声，不会注意到空气湿度的情况，一直听到呼呼的风声在耳边吹响，就这样一往无前、一往无前去吧！

湖岸上的读书人2016.11.22

他们共赴明天的人生

深冬时节我也常来湖岸边看天看湖看彩云。

深冬时节我也常来湖岸边想东想西想迷离。

阳光灿烂，寒风依然刺骨，天空被阳光照耀得淡然素净。

湿地里有一棵古怪的树，它比所有的枯苇都高，痴痴地看着远处的城市和楼房。

我想，再大的风也吹不散芦花，再大的事也掰不开温情。

残雪还铺排在背阴的枯苇的根部，面阳的草梗上已经鲜绿乍现。

觅食的斑鸠身体还那么丰硕，叽叽喳喳的麻雀已经消失于晴空。

穿黑衣和高跟鞋的姑娘亭亭玉立，穿黑外套黑鞋裤的两个男人站在侧旁，他们看着枯寒湿地里的芦苇，这情景貌似五百年再现一次。

枯苇丛外的远处可能是湖湾，那里总是渔人驾舟出没的地点。

夕阳逐渐改成了橘黄的颜色，这也是人们回家晚餐喝粥的时间。

拍婚纱的一群人正向着枯苇的深处跋涉，我不知道他们是去拍照还是要共赴人生的明天。

夕阳眼看要落于枯苇之下，寒风却转瞬止于干软的草梢。

近岸的湖水已经成冰，近岸的渔船却在摆动。

深冬时节来湖岸边看天看湖看彩云

深冬时节我也常来湖岸边看天看湖看彩云。

深冬时节我也常来湖岸边想东想西想迷离。

貌似芦苇的湿地植物差点儿把我骗了，我踩着枯叶走到它们身边才发现它们的茎较硬，它们中的最高者纷纷伸向天空，天空现在瓦蓝如洗，不远处观光大道快速驶过的车声停留在天空中。

中午的湖水波光闪闪，湖水和护岸之间的护坡石上却结着白花花的厚冰，一个刚在野地里解过手的男子身穿黑棉袄黑棉裤走过，他一边往左侧看向大湖和湖水，一边系紧棉裤的裤带。

湖湾里堆满了阳光和厚冰，一只小渔盆翻扣在湖岸边的碎沙上，几位手持自拍器的女青年夸张地尖叫着，又尖叫着挓挲着两手小心翼翼地从湖岸的冰面上走过，另几位男青年不即不离地低调跟从，充当保护的角色。

许多小麻雀降落在湖岸边的芦荻上，也是一刻不闲地叽喳着留下存在感，它们给寒冬带来生动，给暖阳增添魅力，给人心带来萌发，给天地带来苏醒。

天空里阳光无形，湖面上湖鸥飞翔，湖滩上晒满了鱼鲜，目光里有满满的能量。

渔夫和渔姑

深冬时节我也常来湖岸边看天看湖看彩云。

深冬时节我也常来湖岸边想东想西想迷离。

那时，更大的湖湾里有更大面积的结冰，更大面积的冰层外有更大体积的一只渔船，渔船边解开一只小渔船，由一个穿花袄的女人划向湖心。

更大的湖心里有一片小小的石滩，小小的石滩上生长着一棵小小的落叶树，小小的落叶树下堆满了厚冰。不知落叶树为何生长在湖心，湖心又为什么要堆积出一片小小的石滩，那个女人划船去湖心的石滩又是为哪般？

几只花喜鹊落在小渔船的船头，穿花袄的女人见怪不怪好像没看见，她把小渔船划到更大的湖心小石滩旁边，踩着石头上的厚冰把小渔船拴在了小树树干上。

她把船舱里的鱼干陆续搬上结着厚冰的小小石滩，她把刚剖开的鱼干摊开在石块和冰块上面，她又别出心裁把小小落叶树的枝丫

渔夫和渔姑 XH 2016.9.5

一一挂满，然后她就站在落叶树的下边，面向更远的湖心站出一片阳光灿烂。

小渔船划去又划返，大渔船上的白米饭可能已经蒸烂，中午是干煸辣椒小杂鱼，略加点儿湖水成汤就更加下饭。

渔夫正在船头用粗裂的双手剖着鱼干，他还边干边眯缝着眼瞅着远远的湖面，出水就死的鱼儿游客十分不待见，剖成鱼干吧，只好就这么办。

寒冬里正午的阳光对谁都没有偏见，船舱里白米饭和辣椒小杂鱼的鲜香已经淡然，小小石滩上的厚冰正在快速地消减，落叶树上的鱼干干得最显而易见。

渔夫和渔姑难得有这份清闲，捕鱼收网时网会结冰，舱里剩下的鲜鱼已经剖完。他们虽然没有生育二胎的概念，但大湖暖阳的晌午睡个午觉也是很好的休闲。

湖湾里的积冰融化得七零八散，明天早上一定又会寒冷万般却仍暖阳无限！

钓者把鱼儿钓来，时光把钓者钓去

一只白底黑花的猫咪躲在干草丛中假寐，太暖的阳光弄得它无法真睡，它时不时就抬头眯眼看远处的湖面，它的梦总被阳光搅碎。

夜晚的寒风冻住了渔港里的渔船，湖滩上一头水牛不顾不管，只是用嘴在草地上呢喃。

喜鹊飞到湿地的枯草地里啄食草籽，干枯的芦苇只能摇动它的顶花吓唬喜鹊，没有别的办法。

湿地里还聚集了麻雀和别的鸟雀，它们热热闹闹像一家人一个都不缺。

黑白相间的喜鹊在湿地的枯草上抖着羽毛，明媚的晴空中多种鸟鸣声均被阳光一股脑儿笼罩，无一遁逃。

浅水和浅草交错的地方肯定有鱼儿隐藏，因为一只素食的喜鹊一直站在枯草掩盖的水畔歪着头探望。

浅水和浅草交错的地方肯定有鱼儿游动，因为足足超过九十九只的一群麻雀突然间炸了窝似的飞迸。

城市咫尺之遥的这片湿地和这群闹个不停的鸟雀正无忧无虑地尽情耍玩，可是我们忧虑太盛信息太满永远永远无法发现。

芦苇顶着花絮满满地沐浴着阳光，残雪仍留迹于根部预示着不可轻言的变量。

再寒冷的冬天也有青草，再饱满的阳光也难免有的地方照不到。

湿地把隆冬的枯瘦呈现给人看，却不在乎春水肥厚的那一面你假装看不见。

落叶并非惧怕严冬，它们是审时度势的一派先锋。

钓者把鱼儿钓来，时光把钓者钓去。

红芋开花

我现在又回到了盛暑时节。

我的鞋里进了异物，我坐到草地上，把鞋脱下来磕倒，倒出来一些草籽。嗬，这些植物可真聪明，它们想免费借助我的脚力，把它们的后代带向一个未知的远方去。

我看到离湖湾不远处一块红芋地里的部分红芋，在盛夏的阳光下，从腋窝处打出了花苞，有的则开出了粉红色的花朵，这是它们传递出来的已经受旱了的信号，这块红芋地地势较高。就像我家里听雨花园的梨树，那一年秋天我们有几天不在家，回来后，它就开出了一树白色的梨花，秋天并不是梨树开花的季节，梨树春天开花。只因为几天没人浇水，盆土干旱，植物感受到了生命的威胁，所以才会集中营养和资源，试图在最短的时间内，完成生命的全过程，开花结果，以便延续后代，传承基因。这是生命的本能，就像在一架即将坠毁的飞机上，人们会用最后的时间打电话与亲人告别一样。

植物的这种行为看起来花朵娇艳，实际上悲壮苍凉。

红芋本来是不开花的，或到秋天才开出少量的花。我们较少能看到红芋的花朵，当我们看到时，就是植物在提醒我们：要立刻去做一些浇水等迫在眉睫的事情了。

心宽若荷

水边的一个小角落里，有一片空心莲子草，它们枝枝丫丫、纵横交错地占据了近岸浅水区的一个角落，并且开出了小白花。

空心莲子草以外的其他地方，大都被荷占据了。

荷叶大、圆而厚实，有的白绿，有的浅绿，有的微黄，它们互相拥挤着，距水面大约二三十厘米，直立在水面上。

荷花的花茎与荷叶平齐，或略微高出。荷花开出白色微红的硕大花朵，它的花瓣厚而柔软、艳而稳重，闻起来没有什么香味。当莲蓬结出来的时候，花瓣就开始掉落了，在这个过程中，初生的莲蓬和凋落的荷花同在，让人惊喜于生命的变化重生。

荷是浮水植物，或称浮叶植物，它的根扎在水底的泥里，藕结在水底的泥里，叶却长在水面上，花开在阳光中，莲蓬结在水面上。也有人说它是挺水植物，因为它的叶、花和莲蓬是直立在水面之上的。

我坐在水边干热厚实的牛筋草上，看着浅水里的荷叶、荷花和莲蓬。

心斋若荷
许辉2016秋
于喜水轩

阳光越来越猛烈了，晒在背上有点儿热辣辣的感觉。但是当你的心静下来之后，你就不觉得热，也不觉得躁，更不觉得烦，而是一种心静如水、心宽若荷、心稳如花、心实如莲的状态了。

不一样的湖面，不一样的荷花

我想起那一年我们去长江北岸望江县的武昌湖，武昌湖湖水来自大别山区，湖面很大，水质很好。

我们乘快艇去下湖看荷、采莲、亲近夏水、聆听鸟啼。

又返回岸上，喝茶聊天。

渔业公司老总的一段话让我印象深刻。

我说，江淮地区的荷花一般都是六七月份开放，现在来确实有点儿晚了，所以看到的荷花很少，也有残败之感，想看荷花盛开，大概得明年了。

这是我的经验表述，因为我时常在野外走动，对荷花开放的大致时间，还是有个一般的概念的。

老总说，你说的是塘养的情况，塘养的荷开得又大又鲜，开得也早；如果是湖里野生或半野生的荷，一般都开得晚一些，花也开得小一些；像我们这里的荷，今年才刚开第一次。

为什么野生半野生的荷会开得小些？难道荷花还会分几次开？

老总说，塘里的水位是固定的，营养是充足的，所以花开得大，开得艳些；湖里的水位不固定，比如今年上游来水早，而荷花一定要在水面上才能开放，水上来了，荷花就要先把茎长出水面，再开花，它的营养都消耗在茎秆上了，花自然开得小些。

哦，原来如此！

荷花能获得的资源总是有限的，用在茎秆上多些，用在花上就会少些。

所以，我们看到的湖面，和老总看到的湖面，并非同一个湖面；我们看到的荷叶，和老总看到的荷叶，也非相同的荷叶；我们看到的荷花，和老总看到的荷花，根本不是同一种事物。

我们看到的无非是荷花，而老总看到的荷花，不仅仅是荷花，还有水面下的茎秆、上游的来水、半月或一月后荷花的再次开放。

人人都爱在水边

人人都爱在水边。

老子若不爱水，不爱在水边行走、散步、停留、琢磨，他就很难写出“上善若水”那样的比喻和佳境。

“上善若水”句的原话是：“上善若水。水善利万物而不争，处众人之所恶，故几于道。”这段话的意思是：“上善之人就像水。水对万物都有好处而且不与它们争夺这些好处，水愿意待在大家都不愿意待的低洼地，因此水的品质已经差不多接近于道境了。”

这里所要注意的，是“上善若水”句。

这句话的意思可以是“上善之人就像水那样”，因为这是与下面“水善利万物而不争，处众人之所恶，故几于道”句相连的，下一句“水善利万物而不争……”，可以理解成是对上一句“上善若水”的直接注释。

如果把“上善若水”理解成“上等的品质就像水一样”，也没有错，但与“上善之人就像水”，将会有微妙的温差。

人人都爱在水边
许缘2016年7月15日善水轩

孔子也爱在水边

人人都爱在水边。

孔子若不爱水，若不爱到泗水、洙水或小沂水边走一走，就很难说出“逝者如斯夫，不舍昼夜”这样的文学佳句。

这句话的意思是：“时光流逝就像这河水！昼夜不停。”

孔子以流水喻时光，以无情对有情，以淡然对厚意，以无生命物对有生命物，展现出孔子一派在世、言世、感世、慨世的绵绵情意。

孔子又特别爱慕曾参的父亲曾皙“暮春者，春服既成，冠者五六人，童子六七人，浴乎沂，风乎舞雩，咏而归”的悠然。

曾皙的意思是：“暮春三月，春天的衣服已经穿上身，五六个成年人，六七个小孩子，在沂水里洗澡，在舞雩台上吹吹风，一路唱着歌走回来。”他们谈论的是悠游、放松。

人人都向往一种在水边面向自然、天地我在的心境。

《诗经》的意境

人人都爱在水边。

《诗经》里的人也爱在水边。

《诗经》的内容距今大约三千年了，《诗经》里的乐歌，大都产生于西周初期至春秋中期。《诗经·国风·周南》的第一首就是一首水边诗。

关 雎

关关雎鸠，在河之洲。窈窕淑女，君子好逑。

参差荇菜，左右流之。窈窕淑女，寤寐求之。

求之不得，寤寐思服。悠哉悠哉，辗转反侧。

参差荇菜，左右采之。窈窕淑女，琴瑟友之。

参差荇菜，左右芼之。窈窕淑女，钟鼓乐之。

《国风》大多是当时的民歌，是《诗经》里最有情趣和活力的部分。

这首诗总体而言，就是在水里或水边相思美好的女子。

男子刚劲，女子若水，女不若水，男不刚劲。男女就是这样平衡的，就是这样相辅相成的。

如果不是在水里或水边表达这种感情，而是借一块旱田起兴表达，“关关斑鸠，在岗上头。窈窕淑女，君子好逑。参差大豆，茂盛芫之。窈窕淑女，寤寐求之。”或另有况味，却少了水的滋润和韵节。

因而，近水就是近柔，近柔就是即色，即色就是平衡，平衡就是心态，心态就是人生，人生就是天地，天地近在水边。

诗人也爱在水边

诗人也爱在水边。

唐王勃喜爱在水边，“落霞与孤鹜齐飞，秋水共长天一色。”四物对举，诗尽意来。

宋陆游喜爱观水景，“山重水复疑无路，柳暗花明又一村。”亦山亦水，有风景，有人文。

宋苏轼喜爱测水温，“竹外桃花三两枝，春江水暖鸭先知。”春景喜人，万物欣然。

唐李白常与水相伴，以水慰心，借水抒情。“天门中断楚江开，碧水东流至此回。两岸青山相对出，孤帆一片日边来。”这是在水上驾水。“君不见，黄河之水天上来，奔流到海不复回。”这是在水边看水。“抽刀断水水更流，举杯消愁愁更愁。”这是在心中想水。

莲叶何田田

汉代的民歌叫乐府。汉代的人也喜爱在水边或水里咏叹、感慨和思恋。

汉代的民歌《江南》这样说：

江南可采莲，
莲叶何田田！
鱼戏莲叶间。
鱼戏莲叶东，
鱼戏莲叶西，
鱼戏莲叶南，
鱼戏莲叶北。

从文字上看，这首民歌很有创意，也不拘泥。前两句韵押得神化，意境如仙；后四句都是“鱼戏莲叶间”的注脚，却不顾忌韵脚的规则。

不过后四句的韵脚，也有可能符合当时江南某地方言的韵律。

由于乐府是要配乐歌唱的，所以东西南北四句又有可能是众人的合唱。

东西南北都是方位词，方位词引导着人们的眼光和注意力，不断地随着鱼戏的位置转动。

鱼戏水，水润人，人观鱼；鱼又戏水，水再润人，人复观鱼。循环往复，戏无止息。

XH2016.9.8
莲叶何田田

我的祖先来巢湖

人人都爱在水边。

我也是爱在水边的。我总是在水边逗留，在水边观望，在水边的草地上坐一坐、想一想、发一发呆。

青少年时期我总是在水里度过一个又一个酷热的夏天，成家以后我又总是不声不响溜到河边，沿河堤或湖堤步行一二十公里再乘车回家。

我小说的女主角叫小水，谈恋爱时我总带女友往水边走，我买了水边的房子，读到关于水的文章总会剪下来保存。

我在水边写书就特别顺畅，却一直不知道为什么。有一年在巢湖市讲过课以后吃饭，谈到远古高士许由与巢父的关系，我疑惑道：巢湖在长江中游地区，许由当年生活在现河南省中部地区，可谓相距遥远，怎么巢湖留下那么多许由和巢父的传说？当地某部门一位副部长说，古代许由和巢父分别是两个部落的首领，因为他们之间的私人关系好，所以虽然两个部落相距遥远，但两位首领却经常互相来往，因此巢湖当地留下了许由的许多传说。

哦哦，我恍然大悟，原来我的先祖常来巢湖，常居水边，怪不得我在巢湖边写字，不由自主就写得那么顺呢！

盼望与怀念

早晨下着不小也不大的雨。

我穿上衣服、鞋子，准备到河流入湖的水边去。

天肯定要凉快一些了！这竟让我对晴热高温的夏天产生了一些留恋。

是的，盛夏酷暑的日子总是会一天一天地过去，当我们期待秋空高远、雁声阵阵的凉爽日子时，这个盛夏的季节就将一去不复返了。

秋天也是这样，当我们享受秋天的舒适宜人时，那一个秋天也就将一天天过去，一去不复返了。

人生也是这样，当我们盼望下一个凉爽的日子和下一个相会的日子时，人生也就一天天过去，一去不复返了。

这是矛盾的。我们总是盼望着下一个好日子，我们总是盼望着未来，但我们又是在盼望着终结的那一天。

但如果我们改为怀念过去的每一天、每一分、每一秒，又如何呢？会不会因此而延长我们的人生？

过去的都是已知的，体验过的也就不那么稀罕了。

小路上一夜间冒出来许多拉拉钩

雨后的湖面、河口、湿地，到处都湿漉漉的。

河口近岸的湿地里长满了蒲草，余下的地方则挤满了浮水植物水葫芦。

水葫芦据说是外来的水生植物，它们生命力强，繁殖快，在许多水体里成为入侵性极强的生物。不过猪十分喜欢吃它们，有一次在一个养猪场看见工人把水葫芦喂给猪吃，猪一个个都吃得白汁四溢，解馋极了。

小路上一夜之间冒出来许多拉拉钩草（葎草），这是一种多年生的茎蔓草本植物，它们的叶子呈波形，茎蔓上长满了毛刺，人走过去，裤腿就会被拉住，好不容易才走得脱。

拉拉钩利用它茎蔓上的刺缘，快速地占领着地盘，它们不仅会在一夜之间封锁狭窄的小路，还会凌驾于低矮的植物上，获取更多的风热资源。

木槿正开着一些粉色的花。凌霄围在一起，开出一片浓红的金钟一样的花。

说走就走的旅行

许多小植物都进化出小刺、倒刺、锯齿形的叶缘、粗糙的茎叶等拉拉钩，以便种群的扩散。

春天有一种蒺藜狗子（苍耳），会结出一种卵圆形的果实，果实上长满了倒刺，当人或动物走过时，它就钩在人的裤腿上或动物毛上，让人或动物把它们带到远方去。蒺藜狗子们钩在裤子和鞋面上很难除去，要花很大的气力好不容易才能摘下来，摘下来后气得把它们扔很远，却正中它们的下怀，它们落在一片从未生长过蒺藜狗子的荒地上，便就此安家落户，过起了自己的欢乐日子。

大麦和小麦都长有麦芒，小麦的麦芒短，大麦的麦芒长，它们进化出麦芒的意思，大概也是要能够借此来一段说走就走的旅行。当人或动物从成熟的麦地走过时，麦粒上长长麦芒上的小倒刺就钩住人身上的衣服或动物的毛发，来一趟免费的旅行。人或动物卸载它们之日，就是它们到站下车之时。人将钩在衣服上的它们摘下来随手一扔，它们却能顺势而为，麦芒的尖头总是朝前，

愫，说走就走的旅
行。许辉2016年6月
20日合肥淮北佬斋

准确地扎进泥土里，待气温和水分合适时，就扎根、发芽、结出果实。

不过，现在人们希望它的麦芒越短越好，以免消耗太多的营养。它们免费旅行的行程，人们都已经替它们安排好了。

勤劳的蜘蛛和下蛋的母鸡

我想起5月份在水边麦田里的情景。

小路右侧、麦田左侧，有一片长条形的湿地，湿地靠路的地方长着一人高嫩青的芦苇，大风把所有的芦苇都吹伏向小路，路过的人和车都只能靠左侧三分之一的路面通行。此次大风过后，嫩青的

芦苇们就“成熟”了。

我只在临河的麦田里待了半个小时，勤劳的蜘蛛就在我的车窗上结了一个简单的网，打算狩猎了。

水边的小半岛是一块鼓凸凸的高地，因为面积太小，只能人工收割，人工收割下来的小麦一小垛一小垛地摆放在地里，远看就像一个个黄茸茸的玩具。

一只母鸡响亮地咯咯叫，边叫，边慢慢地向农户门口忙碌的人们走去，边仔细观察人们的反应。它是在向人们报喜呢：我下蛋了啊！以前人们会抓一把粮食撒在地上慰问它，但现在没有人这样做了，有时嫌吵还挥手驱赶它。它也习惯了，叫了一会儿，见没有预期效果，就离开了。

人类原先生活的生境

雨后的清晨，虽然不见太阳晒人，但由于空气湿度较大，人走一会儿，也会出来半身汗。

雨后的一切与晴热的天气都不太一样了，野草上的水珠会把鞋和裤腿打湿，绿色的草叶和白色的草种会沾在裤腿上和鞋面上。

从高处看低处，水稻比平常更鲜绿；稻田旁边的一小块田里，茂盛地生长的不是水稻，而是高近两米的毛谷谷草。我想这块长满毛谷谷草的地，以前可能也是农人开垦出来种水稻的，后来不知什么原因，撂荒了，于是毛谷谷等野草就自动占领了那一块地盘。如果以后这里生活的人减少了，这些开垦出来的小块农田可能都会交还给原野，交还给湿地，交还给涨水时的湖湾和河口，交还给野草，恢复到原先的状态，那样的话，人就更能找到人类原先生活的生境了。

不为他人所知的人生

蒲草附近的一道地埂上，长着几棵黄豆和几棵绿豆。黄豆在北方会大面积种植，因此并不金贵。绿豆已经开始结出豆荚了，它们成熟收获以后，在大的太阳底下，一天就会晒得变黑，两天就会炸裂，除去豆荚，把绿豆集中起来暴晒，很快就能储存或出售了。现在杂粮产量太少，都卖得很贵。杂粮变成了珍罕的食品了。

附近还有农人种的一架丝瓜，正开着黄花。还有农人种的一架扁豆，正开着白花，扁豆又叫梅豆、眉豆。

我看见这些蔬菜和农作物的主人了：不远处的一棵大楮树下，停着一辆三轮车，一位四十岁左右的壮年农民躺在三轮车上，在看一本书。

这就是不为他人所知的每个人的人生。

打碗花、牵牛花和田旋花

我看见近水的陆地上长着两种差不多的植物，一种是打碗花，一种是牵牛花。

这两种植物都是旋花科的，但打碗花属打碗花属，牵牛花属牵牛花属。

不留意分辨的话不容易分清它们之间的区别，虽然我也不太能分得清，但我还是注意到了它们的区别。

打碗花的叶子是三个较瘦的三角形，花朵一般粉红色，花柄较短，花口开放像碗口；而牵牛花的叶子较宽圆，花朵一般底白上蓝，花柄较长，花口较小如喇叭。它们都是攀缘或匍匐植物。牵牛花以前种在家里的阳台上，开花开一片，一个个小喇叭对着天空，对着太阳，十分热闹。后来又出了园艺品种矮牵牛，城市的绿化带里常能见到。矮牵牛不攀缘，因此不需要太多空间，但也失去了它本来的生物趣味。

还有一种田旋花，是旋花科旋花属植物，叶子戟状，我还没在

附近的水边找到它们的芳影。

曾经有几年，一到冬春天，我脸上就有过敏，这种情况以前从未有过。一位朋友对我说，严重的过敏是不可逆转的，他的意思是，如果过敏严重了，就是治不好的了。我有些半信半疑。后来我太太不知从哪里得到一个民间的方法，说用牵牛花的花涂擦过敏的地方，可以治好，于是我春天在田野里见到牵牛花模样的花，就摘下来，在过敏处涂擦。后来，朋友说的不可逆转的过敏，来得快，走得也快，竟彻底离开了我。但我并不知道，是因为涂擦了牵牛花或打碗花的花治好的呢，还是因为其他因素改变了。

打碗花、牵牛花和田旋花，它们是三姊妹花。

蓝蜻蜓

这一天的上午，我一直逗留在河流不远处长着各种植物的湖岸湿地边。

我大概待了近三个小时，虽然盛暑的高温有所下降，但多云天气的阳光还是蛮晒人的，温度也逐渐升高，风不很大，不能带走人体的许多热量。

只要留意观察，就会有很多新发现。

我看到一只蜻蜓起飞、降落，降落、起飞，如此反复不已。

但它一直离不开一根枯枝的顶端。

那根枯枝的顶端到底有什么能吸引它呢？我睁大了眼睛观察，也看不出一丝端倪。

用庄子的道理来讲，我不是蜻蜓，我怎么知道蜻蜓想要什么？你不是我，你又怎么知道我不知道蜻蜓想要什么？我不是你，我又怎么知道你不知道我知不知道蜻蜓想要什么？如此的循环，只能导向一个结果，那就是天地万物中的无限可能性。

蜻蜓XH2016.8.26

这只蜻蜓的翅膀近乎无色，它的身体上有一小段鲜黄色，但总体地看，却有一种钢蓝的颜色，不知是阳光照射的缘故，还是蜻蜓的本色。总而言之，这是一件令人困惑的事情，因为你从这只蜻蜓身上无法明确地找到一块蓝色，但蜻蜓总体却呈现出了钢蓝色。

这件事再次导向了那个结果吗？即，天地万物有无限的可能性，只要我们细细地品味？

坐望久了就看到不一样的东西了

就像同一汪湖，我们看到的湖面，和渔业公司老总看到的不一样；同一片荷花，我们看到的，也并非渔业公司老总看到的荷花。在草毯山和湖湾之间坐望，时间久了，就看出和时间短暂时不一样的状况了。

在湖山之间坐望久了，就看得出湖山间植物分明的层次了，就看得出植物依势而生的规律了。

离水较远的湖山之间，长满了高大的杨树、楮树、水杉、白果、槐树、椿树、柳树等乔木。

离水较近的近岸陆地上，长满了野火棘、野蔷薇等矮小的灌木和各种草本植物。

离岸较近的湿地里，长满了芦苇、香蒲、荷、菖蒲等挺水植物。

离岸稍远的浅水里，长满了菱角等根着浮水植物。

离岸再远些的较深的水里，则长着水葫芦等不扎根的浮水植物和全株都沉没在水下的眼子菜等沉水植物。

虽然我们平常不留意，但植物自然有它们成长的禁忌、领域和规律。

芦苇幼苗

我先是注意到路边一棵开红花的夹竹桃，因为夹竹桃开着红花，虽然它的花有点衰败了，但红色毕竟是第一吸引人注意的颜色。

我又看见从小路边一直蔓延到湿地和浅水里的一片青葱的尖叶，蹲下去仔细观察，才看出这是一棵新芦苇的幼苗。季节不对呀！芦苇应该从阳历3月就开始顶出幼苗了，幼苗顶出泥土或浅水时呈现一片紫红，但现在是阳历7月底8月初，附近还有些已经长老了的芦苇，这是怎么一回事呢？

原来盛夏时有大水在这里较长时间浸泡，芦苇是挺水植物而不是沉水植物，它们在水下也是不能生存的。因此当大水退去以后，它们重新发出了绿青青的嫩芽。

我又看见一片空心莲子草在水岸和小路边匍匐延展，占据了当地不少的空间。空心莲子草也是一种顽强进取的湿生植物，它们进化得既能够在浅水里生活，也能在离水不远的岸上生活，它们的这种适应能力，也是值得我们学习的。

酸溜溜

我惊奇地发现了一棵酸溜溜（酸模叶蓼）。

我看见潮湿的水岸上有一棵直立的酸溜溜。

我很惊奇能在这里看见一棵酸溜溜。

小的时候，学校组织我们去收割过的麦田拾麦穗，其实是一边拾麦一边玩耍。我们经常能在麦地里或麦地边发现酸溜溜的身影，它很好辨认，它长得很直，直立着，它的叶子上长着一些像铁锈一样的斑块。我们会争抢它的叶子。把它的叶子吃进嘴里，立刻就有一股酸溜溜的味道通过味觉传遍全身，在高温日晒的夏天，有了它，就有了许多滋味和凉爽。

但这里只有这一棵酸溜溜吗?

我在附近找了又找，是的，这附近只有这一棵酸溜溜。

我在这附近尚未找到第二棵。

菱角快要开花了

这一天我总共在湖湾附近走了 10056 步。

我上午一直待在湖湾附近，大概走了 7000 多步，下午我又去了那里，又待了近两个小时。

虽然腿脚有时候走得有些酸，但心情却舒畅得不得了。身体里负面的东西可能也都在行走、观察、用手机拍照、看水面、看天空、看树林的过程中释放掉了，因此觉得十分轻松、通畅。

我看见一片花生地，地块不大，也许只有五六个平方米。花生秧长得又浓又密，但它们还没开花。这一块花生可能种得有些迟，因此它们开花结果也要迟一些。

我在一个水湾里看见一大片连着一大片的菱角。菱角是浮水植物。我看到的这种菱角的叶子略呈三角椭圆形，叶缘呈锯齿状，它们静静地躺在水面上，接受阳光的照晒，显得慵懒而又散淡。它们白色四边形的小花才刚有数朵开放。我和一位从集上归来、从水湾走过的农人说话，问他菱角的事，他说菱角很快都要大开花了。他

2016.8.10 菱角快要开花了 XH

的篮子里装着几节胖藕、一两斤湖虾和几只发白的大梨。

可是下午我在另一个河湾里看见了另一片菱角，我用手机把它们拍了下来，这片菱角和上午看见的菱角有着明显的区别，这片菱角的叶子呈三角形，甚至接近菱形，它们的叶缘也呈锯齿状，但是它们的叶面上却有着明显的半环形深色斑块。

这又是一种菱角吗？我向一位走过的当地大妈请教，她说这就是菱角，快要开花了。

植物岛

我在水边潮湿的地上和浅水里看见一片水芹。

水芹是我很爱吃的一种蔬菜，它们绿油油的，有一点点苦味，这正是我喜爱它们的原因。我觉得所有有苦味的蔬菜都是我们的身体需要的，因为我们不愿意吃苦，我们的身体可能就缺少这种苦的调节。

我一直在湖湾边坐到下午风吹起、云聚起、闪电在远处亮起。

这时的天地和我们平时看到的天地就不一样了。

大块的云彩快速地堆积着；杨树林无数的树叶一齐哗哗作响，声势很有些吓人；不远处的草毯山肃穆沉静，任由大块的云朵挤压；水面上涌起了一层层波浪，风把它们推送出很远，后面的波浪再把它们推送一段。

河湾中心的水面上驶过一个个植物岛，那是风把它们从上游的某个地方推送来的。那些植物岛大小不一，大的大约有四五个平方米，小的也只有一两个平方米，它们漂浮在水面上，大多由空心莲子草等湿生植物组成。

人身上也凉爽了，就坐在水岸边，等待大雨的到来。

但大雨没有下下来，半个小时以后，云层淡去了，大风减小了，闪电也不见了。

夏天的水边什么都有

夏天的水边什么都有，当你留心观察时。

水边的野草丛里点缀着一些大而有茸毛的厚叶片，如果不留心时，很容易就走过去了。我已经快要走过去了，但心里总觉得有什么不对头，于是停下脚步，返回身，去仔细看看那些大叶片。

果然，那不是什么野草，而是在几千年前就被人类驯化了的农作物：南瓜。

有两棵还没长大的小南瓜深藏在杂草丛里，不凑近了扒开草丛，很难看得见它们。

野地里的南瓜肯定是农人种的，不会自生自灭，但外人难以证明谁是这些南瓜的主人。

当地人心里却都有数，对这里的一草一木都有数，虽然不知道谁是某棵具体的南瓜的主人，但大家不会错摘不属于自己的东西。

以前在农村，如果有当地村邻摘走了别人在野地里种的东西，主妇就会在村子里跳着脚骂两小时。

东西不值钱，谁家里都有，这是一种道德警告。

水边的小洞

水边茂密的草枝下，有一个斜着向下的较浅的扁洞，这个洞虽然近水，却选址在水面以上，因此这是个青蛙或癞蛤蟆挖的洞。当我向这边走来时，我听见“噗”的一声水响，那可能就是这个浅洞里主人跳入水中隐藏的声音。

水边茂密的草枝下还有一个较陡向下、口径较大的圆洞。这个洞选址在被浅水淹没的近岸处，可能较深，因为洞里的水颜色深暗；可能是个小龙虾洞，因为洞口不光滑。

水边茂密的草枝下，还有一个垂直向下或斜向岸边的洞，这个洞选址在近岸的浅水里，或因水位下降而暴露的水岸边。这个洞较深，洞里的水较暗，伸手到洞里试一试水温，越往里水温越低。这可能是一个黄鳝洞，因为洞口是光滑的。黄鳝和泥鳅、戈鱼、鲇鱼一样，都是无鳞鱼，黄鳝捕食或夜晚进出洞口，它没有鳞片的柔滑身体，会把洞口弄得十分光滑。

水蛇很少在水里或水边打洞，它们依靠水里的浮水植物和水边的湿生植物就能够很好地隐藏了。水蛇大多无毒，并且也是怕人的。有一年我从湖湾里走过，我走路的响动惊起了一条近两米的大水蛇，只见它从我前方大约五米远的草丛里跃起，在草梢上快速地摆动柔软的身体，贴着草梢滑行了十余米，跃入湖湾的水里去了。

优势建群种

水边有一大片扒根草，它们长得很旺盛，节间距很长，草梢都直挺挺地竖对天空。

如果它们长在较贫瘠的旱地里，大都会趴在地上，遇土扎根，实实在在地从枝节处生出根来，逐步地扩展领地。这一片扒根草可能有较好的水肥条件，因此枝节距都长得很长，叶梢向天空直立着。

我坐在湖湾水边柔软的扒根草上，任由太阳照晒，觉得身体里和心里都很舒服、很舒畅。这时汗水反而不太多，和在太阳下走路时不同。走路时可能是因为正在运动，所以会有汗水流淌；而坐在草地上是一种闲坐，没有运动，汗水就没有必要带走身体里多余的热量了。

我又戴上了墨镜，凉爽的感觉更甚了。

我坐的地方在草毯山和河流入湖的湿地附近。

湿地和山地之间是一个总体不宽但宽窄不等的廊道，在这个廊道及其附近，目力所及，看到的大都是高大宽展的杨树。我想，杨

杨叔堤本地植物群落的优势建群种 XH 2016.9.9.

树就是这一带旱地上植物群落的优势建群种了，虽然它们依靠的是政府的排他性支持，因此才得以成为构成本地植物群落的基础和特色的种群，但现实展示的就是这种毋庸置疑的结果。

这时有一些草木香气的炊烟，从草毯山的那边飘散过来，可能是草毯山村的村民在升灶煮饭了吧！我深深地吸进几口乡村炊烟的气味。哦，真是久违了呢！这些炊烟激活了我一直埋藏在心底的乡村和水边的记忆。

草毯山

我曾经很多次、很多次前往草毯山。

油菜花已经零星开放、窗外的乡村洇出了淡淡嫩黄的时候，我再一次去往草毯山。

草毯山位居大湖北岸，在环湖旅游大道的东侧。草毯山是我对那一座低山及与其相连的数个更低的低山的个人命名。因为那几座海拔不会超过一百五十米的低山，和缓漫漶，几乎整个表面都被厚毯一样密实紧凑的茸草覆盖着，人走在上面，就像踩在地毯上一样，敦厚踏实：脚既不会踏空，也不会滑溜；人既不会自恋，也不会虚幻；心既不会空荡，也不会张扬。只是一种实实在在而已。

冬天也有和暖的日子。那时去草毯山，中午的时光，一步一步地走高（其实只是一种缓然而上的高罢了），东顾西盼（其实也仅是一种缓然而动的顾盼），不过百步以后，也就到草毯山半腰一个开阔

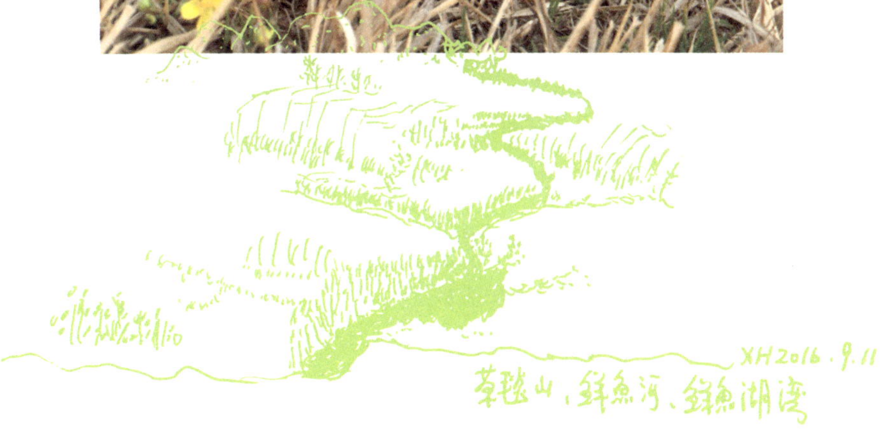
XH2016.9.11
草毯山、鲜鱼河、鲜鱼湖湾

的山台上了。

虽然还没到草毯山的最高点，但这里已经是一个可以俯瞰湖天的高点了。正所谓，山不在高，心高则高；情不在深，心在则深；志不在大，心大则大；意不在坚，自在则坚；事毋需做，无为既成。

可以在厚毯一般的枯草地上坐下来，我说的还是冬天和暖向阳的日子。隆冬的正午，草毯山早已不见人踪，除了山坡上厚厚的枯草、山洼间一片深绿的山松、厚草间偶现峥嵘的山石外，只有时远时近几只起起落落花白相间的喜鹊、不远处几墩无嗅无味已经干硬的牛粪陪伴着我。

山风都几乎不现，此刻只听得见自己的心跳、脉动和缓慢流淌的思绪。心也是静下来了，其实早已静下来了。心境会自己去寻找相匹配的环境。喧杂自有喧杂的营养，而此刻的我，却习惯了与草毯山的融合。我能听见草毯山一起一伏的呼吸与我的呼吸同步，我能看见山川大地的脉动与我的脉动合拍，我能触摸到我无踪的思绪：它无象无形、无色无味、无质感无边界，却又包容了一切。

花白相间的喜鹊们既不远我，也不近我。它们欢欢喜喜地歌唱，在厚茸的枯草上、在偶露的山石上、在暖意流动的低空中、在我的左后方右前方正东方偏西方时起时落。它们完全不会打扰到人，不会打扰到我。我既可以视它们为环境的背景，又能看见它们的存在。它们既为我带来自然界的善意，又与我保持着完美的心性的距离。

我支起双臂，模仿喜鹊拍打着结实、有力的大翅膀起飞、降落的姿态。我果然是能够“起飞”的。我从我落座的枯草上，缓慢地离开草地，感觉有一个敦厚的气垫在下面托住我，使我缓慢又缓慢地，缓缓地往上抬升、抬升、抬升……这时候看山河更看得清楚，看地面更看得广远，看地理更看得宏阔，看景观更看得浓缩，看人心更看得明了，看远方更看得深透。这时我想：只要有强烈的意愿，我们人人都是可以“起飞”的。我们的身体和能力，存在于我们的心中；我们的心性和天运，掌握在我们的手里。

我无声无息重又落座于枯白厚实的茸草毯上，就像我始终未曾上升、始终未曾降落、始终未曾离开、始终未曾远行一样。但我已经了然心路的走向，已经了然心路的转折，已经了然心路的窄宽，已经了然我智慧的边界。从此我将知道我是谁、在哪里、做什么、哪里去、会如何。我或将自化。

有许多条路都可以上草毯山。

譬如此刻，我前往草毯山。我总是从大湖岸边一个泊满了渔船的小码头出发。北行，又北行，约两公里，就可到草毯山的山脚下。

草毯山的西麓较为陡峭：山下是环湖观光大道，山坡上都是矮松，松树下还多山石，上山的小毛路，只是极少数人踩出来的依稀便道。从这里往上爬，要时时低头躬腰，才能穿过那些挡道的松枝；还要经常以手撑地，或四肢并用，才能从山石和松枝共同的阻挡之中穿越。

松树的阻挡大约绵延八九十米，感觉上却有几百米还多。此时身已酸乏，人已倦怠，心已冷淡。趣既无趣，味亦无味，眼界又十分逼仄，不知前方如何，闷得人口舌起泡，烦乱丛生。退，退，还是退吧！退的念头已在脑海翻腾无数，脚却忍不住又向前迈进一步，还得再走几步看看……还得再走几步看看……还是再走几步看看吧……

突然面前豁然开朗，原来已经走出了矮松林布成的密阵。此时草坡若茸，铺展在脚下，只需轻轻地抬起腿来，很小很小的一步，就走了上去，就享受到了温软的草的按摩。手也是香的。原来一路把握松枝，留下了松香。

北坡则多茅草、荆棘。远远地看北坡，是广大一片紫黄色的枯草，漫山遍坡，煞是和软，还以为那是像草毯一样的草坡呢。待走上去，才知道茅草深硬，比人还高。茅草间有当地村民走出来的便道。只是便道若有若无，鲜见人行。一头扎进茅草坡，就像进入了茫茫荒原，只能望见在较高的上方不远也不近的草毯山顶，其他的什么都看不见。

草叶削人，草尖戳人，草籽落入鞋里，也让人无法行走。带刺的蔓条子横在地上，或挡在半空，既扎人，又拉人，还扯衣服，更让人寸步难行。四周都是没过人的茅草，心里间或涌上一丝害怕的念头。那种退返的感觉又来了，又来了……只是脚不会，也不愿后退。用手掌拨开干黄挺硬的草秆，用手指捏去扎人戳人的刺条，要细心看清脚下复杂的内容，须左顾右盼周围未知的环境。

果然，十几步以后，高高的茅草断然绝迹，圆缓的草坡再一次展现眼前。

南坡多山石阵。从山下较远处往草毯山进发，翻过一个排列着整齐墓碑的小小山，穿过一片稻田地，走过一片大水面，侧过挂满红灯笼的渔家乐，再穿过一大片枯稻田，石头就多起来了。一坡、一地，满眼都是石头。有青的，有灰的，有黑的，有赭的，有灰底白纹的，有杂色的，有高的，有低的，有一整块的，有零散的，有

圆鼓鼓的，有带角的，有完好如初的，有风化坍塌的。野草、小灌木和刺条子从石头缝里长出来，但都没长过石头，没盖过石头，一般都长得比石头低。石头阵高高矮矮，尖利圆滑，错落不定。矮的地方要小心下脚，以免崴了；高的地方要用手攀爬，全身运动。突然听见“噗噜”一声，吃了一惊，原来是一只灰色野兔，受到打扰，从石头缝里蹿出去，转眼就消失在远处一堆大青石后面。

翻过一道石头阵，山坡草毯已经看得见了，但还得走过一片石海洼地，才能到达。这似乎是容易的。眼盯着脚下的石头，或跳跃，或跨步，或碎步，往前走就是了。渐渐走得累了、热了。看准两块相邻的石头，脚在上面踩稳，停下休息。四下环顾、欣赏。这时不会想得太多。能记得住的感觉，就是享受当下，就是享受当下的感觉、体验和感受。攀登能够励志，坎坷益于修身，享受也可以养性呢。

终于走尽石头阵，草毯坡已经近在咫尺，跨过最后一道石坎就踏上枯草厚厚的草地了。心中一阵轻松，脚下却是一绊，踉跄几步，扑倒在草地上。紧张、尴尬了一秒钟，转瞬间脸上却笑开了花，心花怒放了。虽然知道慎终如始、始终如一的道理，但这不正是难得的体验吗？

东侧的道路最好上山。坡度既缓，山下又有一条便道，人能步行上山，车也能直开上山坡，开到宽阔、略有起伏的草毯的最中间。

从东坡上山，先要在山外三百米处，经过一个村子，这就是草毯村。草毯村的边缘，有几户人家，平常都极其安静。偶尔，其实只有一次，远远地听见有热烈的鞭炮声、看见有烟雾升起，知道一定是有什么活动了。慢慢往前靠去，路边停放的车越来越多，车上都扎着红花，有的扎在后视镜上，有的扎在车前盖上，有的贴着大红的双喜，有的商务车的后门上，贴着红喜联。这是娶妻或嫁女了呢。喜庆啊！虽然与我不相干，但在内心里，却深深地、诚挚地祝福着他们！

慢慢到了人最多的那个地方，路东的那户人家。人们都聚拢在这家的门里和门外。说着，笑着，等着，帮忙的，看热闹的，都是亲朋、邻里。

是那个女孩子吗？我努力地回忆着。我记得在我的记忆里，我从这里经过，有两次看到过这家院子里，有一个年轻的女孩子，进，或者出。女孩子没有惊人的美丽，却年轻、鲜活、丰实，这总是招人眼目的。一次是进：她从院外后面的邻家往自家院里走，手里拿着一个竹制的风筝，喜气洋洋的，快步往家里走，看见我的车了，她看了看，就走进本来就敞开两扇大门的院子里去了。一次是出：我经过时，她正好从敞开的院门里出来，手里提个菜篮子，可能是去院侧的菜地里挖菜去，她看见我的车溜过，看了看我，就右转，走进菜园里去了。

现在，门口满地红，都是放过炮之后留下的炮皮。大约二十分钟后，人群开始扰动起来。一些穿着时尚的年轻女孩，和一些穿着整齐的年轻男人，前后簇拥着穿西服的新郎出来了。新郎抱着新娘，新娘穿着婚纱，年轻的女孩子们前前后后地把拖在地上的婚纱抱起来。

新娘、新郎、车队、人群，慢慢启程前行，逐渐消失在丘陵田畴之间。刚才这里的热闹，很快也就消散了。在我眼前，或者头脑里，这时的天、地、人、万物，都浑然一体，不分为你，不分为他，不分为彼此。天，也是地；地，也是天；人，就是万物；万物，也是天地；天地，即是新娘；新娘，即是万物；循环往复，无休无止。

常态中的草毯村，都十分清静、清闲、清爽。总有一头或两头牛，被拴在路边、屋侧的空地上，或稻田附近，吃草、休息、反刍。它们身边或路旁的牛粪，我都会注意到，也会多看上几眼。牛粪是很好的农家肥，如果能把干牛粪带回城市的空中菜园里，做蔬菜和果树的底肥，那是很好的选择。

从草毯村的边缘右转，经过数百米的山石红土路，就到了草毯山的山脚。要么把车停在路边，人走上去，要么把车开上山去，停在山上平坦的草地上。

人走上去，就像是傍晚的散步。山坡铺满厚而短密的野草。当然，在冬天，草坡的颜色，一直都是枯黄的。草坡轻慢，缓缓而上。四野顾盼，很快也就走到开阔的山台上了。

车开上去更是快捷。到了宽展开阔的山台上，停下车，拉开车门，会有一股枯草的气息扑进鼻里。草毯是那么细密、柔软，双脚踏到枯草上，甚至不忍心把全身重量都压在草的身上。但还是轻了又轻，踩着织成一体的枯草，往草坡的中心方向走去。

远远地离车走开去吧，远远地离车走开去吧……径直走向更高一些的山坡上。从这里看西坡，那里山势陡直，松涛阵阵；从这里看北坡，茅草深灰，随风涛动；从这里看南坡，看得最远：石头阵、水稻田、矮山丘、小湖湾。而不管往哪里看，都仿佛不分彼此：既居高临下，又身在其中；既隔山隔水，又呼吸相通。

其实，四面八方上山的路，来途不同，终点和目标，却是一致的。

从山的哪一侧上来，都无关紧要。就像人生，路途不同，风景各异；若有其优，必显其劣；如有其利，亦显其弊。

人生不外乎“来”和“去”。从哪里“来”，都可能有风险，有勾连，有犹疑，有牵扯；也都可能有遗香，有平坦，有惊喜，有豁然开朗，有重见天日的高潮和快乐。只要能够到达草毯山如茸厚阔处，即算人生的大成功、大收获，都可一览天地、涵括万物、适会于山水、相融于江湖。既然如此，也自然就可以、能够淡然而“去”了。

有一些时候，是不方便上草毯山的。但真去了，即有另类的收益。

下雨的时候，不方便上草毯山。

冬雨寒冷，虽然雨不大，但气温低，雨湿滑，人落魄。到了草毯山山脚下，冬日的细雨，却愈下得密了。下了车，冒雨走过一段泥石混杂的便道，一步一滑、小心谨慎地往山上走。雨水和草屑，很快就溅湿和弄脏了鞋袜、裤腿。冬雨里的寒风也吹得紧，细稠的雨线扫在身上、脸上。草毯山空无一人、阒无一鸟。心定了，感觉不到外界的不利因素——例如冷风、冬雨、低温、湿滑——对自己有多少影响。闭目凝神，凝聚自我。然后，然后，再不慌不慢地，走下草毯山。

下雪的时候，也不方便上草毯山。

雪覆盖了湖泊、田地、山丘、村庄、稻草垛、紫红颜色的城市绿道以及草毯山。但傍晚时分，我还是想要去草毯山走一走，去草毯山看一看。雪纷纷扬扬地下着，一路上见不到一个人、一辆车。天地沉静，万物和寂。自然与人，都隐藏在自己早已预制好的保护层里。因此天地万物，没有一丝一毫躁动，全是有序、充实、饱满、自足和沉静。

车停在山脚下。雪中的草毯山，透过密若飞絮的雪片，只见得雪，不见得草。熄了火，就待在尚余温暖的车里，躺倒在靠椅上，盖上随车带来的羽绒小棉袄，闭上眼，只用耳朵去听天地里细微的声音。草毯山上曾经熟悉的一切，虽然现在眼睛看不见，但眼皮的屏幕上，都会一一放映出来。枯白细密的冬草，青黑颜色的山石，喜鹊落过的棘枝，沿山而上的车声，一位脸色灰黑穿过山坡的朴素山农。这些地球上曾经和我们同在的事物，无论大小、高矮、胖瘦、远近、黑白，都让我们动心，都让我们留恋。

除了阳光普照、和风若无的日子，冬天还是低温的时候多一些。

那时，可以躲进面阳背风的小山洼里，在枯草地上，铺一件既长且软的羽绒服，和自己心仪的女人，双双跪在上面，像原生态时期的我们，做一次绵长的爱。

做时，依然看得见草茸茸的山坡，依然看得见山坡以下的风景，依然看得见水面、小树林、稻田、渔家乐，依然看得见大湖、环湖观光大道，依然看得见天、看得见地、看得见万物、看得见天地万物、看得见一切。而天地万物一切的一切也都看得见我们，看得见我们率真的行为，看得见我们的和谐、友爱、适道、日常、肉感、呻吟、激情、快乐、痴疯、淡静。一切都十分自在、平常、无他。

春天悄然走来。

节气上的春天早已来到，但感受上的春天、春意常不明显，而且时常反复、拖宕、延迟，让人的无限期待无法着落。

春天也多从东路上草毯山。

还是先经过山脚下的小山村。

草毯村一如既往的安详。又看见一头或两头牛，站在稻场边吃草，或卧在草地上反刍。一位瘦高个儿、戴灰白棉帽、五十岁左右的男性农民，在稻场上翻晒牛粪，他这是为春天的耕种在做准备吧！一位青年妇女抱着一个小女孩，从村路上走过去。日子真快，路边

和房门口红色的炮皮还没被风雨侵蚀干净，那位手拿竹制风筝、喜气洋洋的女孩子，已经做了母亲了。

慢慢地、一步一步地走上草毯山，一步一步地走上厚草茸茸的山间平台。惊蛰都已经到了，乡村野外常见的那种极其细小的小蠓虫开始出现，它们总是在人的脸面前上下飞舞、团团飞舞。有时候，这个团团飞舞的团子，越飞越大，大到遮蔽了视线；有时候，这个团团飞舞的团子，越飞越小，小到只有寥寥无几的参与者；有时候，这个团团飞舞的团子，时大时小，时小时大，时近于无，又时近于有。

在厚茸一般的草毯上坐下，就闻到一股越来越清鲜的草地气息。这里那里，枯草底下，绿意仿佛越来越明显了，虽然还看不见明确的东西：草芽，或者花苞。山南似有鹅叫声传来，山东似有妇女说话声传来，山西似有车辆驶过声传来，山北似有自然界的背景声传来。周边多有喜鹊声，天空和附近还有五六种鸟声传来。只看得见近处草地上蹦蹦跳跳的喜鹊，却看不见天空和附近他处的那五六种鸟儿。

在厚茸草毯上坐下去，闻到一股越来越清鲜的草气。野花已经开了。鲜黄的、嫩紫的。野花朵朵开，惊蛰春又来。周边除了喜鹊喳喳的叫声，天空和附近的五六种鸟声，还有山下、左近的鞭炮声、花开声、背景声、鹅鸭声、车辆声、妇女声、细风声……

就一直在厚茸草毯上坐着，望着，听着，想着，问着。坐而静身，望而骋目，听而凝神，想而无思，扪心问心。

或对山水歌咏，或面万物吟诵，或立而抒怀，或坐而自赏，或跃而叙意，或卧而呢喃。面南而咏，面北而诵，面西而吟，面东而颂，仰天而歌，俯首而啸，尘埃蝇屑，可奈我何！不为人，不为物，不为天，不为地，不为山，不为水，不为他，不为己，不为前，不为后，不为来，不为往。只为心意的率性、自在、欣然、慰然。我自得、自存、自适、自善、自化、自实、自在、自赏、自砺、自行、自进、自好、自明、自惜、自利、自歌、自哭、自褒、自愿……我自得、我自然、我逍遥、我快活、我清静、我充实、我自信。又为人，又为物，又为天，又为地，又为山，又为水，又为他，又为己。己为山，己为水，己为天，己为地，己为万物，己为宇宙，己为已知，己为未知，己为锋利，己为愚钝，己为淡然，己为慨然，己为已然，己为未然，己为全部，己为局部，己为宏大，己为细微，己为所有，己为全无，己所欲，己不欲，己为象，己为形，己为他，己为己……无始无终。

鲜鱼河河口

鲜鱼湖湾的路修好了,以前那里最不好走,但现在好走得不得了,紫红色的湖景路可以两车对开，西边紧邻着大湖的湖面，景色优美。

由于南边一段地势较低洼的路面被水淹没，因此路上只有少数当地村民行走，十分阒寂。

夜里可能下雨了，我不十分肯定，但野草的草叶上、长着野草的荒地上、树叶上，都还湿漉漉的。

鲜鱼河入湖河口的附近长着一丛丛高大健壮的草本植物，它们看起来像芦苇，但不是芦苇，芦苇一棵一棵成片生长，它们一丛一丛成丛生长，它们的体格也比芦苇高大健壮多了。我和一位拎着菜刀的老人聊起这种植物，他说当地人叫这种植物为芦柴，这是长在岸上的；他指着鲜鱼河河口浅水里的芦苇说，那叫水苇，是长在水里的。

鲜鱼河河口附近有一棵桑树，长在老桥和河岸之间。这种树已经不常见了。但在离这里大约三十公里的一片河湖之间的河堤上，长着一排老桑树，每年春末夏初，无人采食的桑葚会落满树下，无数的鸟雀会飞去吃个饱、吃个够。

我像鸟雀一样，曾经连续三年去那里吃桑葚，吃得一脸一嘴一身或红或紫。

吃饱了，我还专门采摘那些虽然成熟但还没熟透的果实，带回家给妻子女儿。我出门前她们都是叮嘱过的。

鸭跖草开着鲜蓝色的花

我在鲜鱼湖湾见到了许久不见的鸭跖草，它们盛开着一朵又一朵鲜蓝色的小花，看去十分惹人爱怜。它们开了一片又一片，好像整个湖湾地区只有这一片地方有鸭跖草，因此我蹲在它们身边，看了一遍又一遍，怎么也看不够的样子。

有一年我和女儿去大别山，在山上湿荫处看见鸭跖草成片成片地开着鲜蓝色的小花，十分喜爱，借水电站的铁锹挖了一大抱抱回家。后来我们顾不上管护它们，它们却一年一年在花盆里长得很好，而且它们的种子四处飞播，我们搬家到哪里，哪里的闲地、墙角就出现它们的身影，每年夏秋一片一片地开出鲜艳的蓝色花朵。

现在，和鸭跖草们长在一起的野牵牛也开着鲜蓝色的花，像是被鸭跖草的花色感染似的，真是有意思得很！

鲜鱼湖湾

鲜鱼湖湾不愧为鲜鱼湖湾，这里到处都晾晒着小虾、小鱼，有的晾晒在一种蓝色的丝网上，有的就直接晾晒在道路上。奇怪的是，大些的鱼都从小鱼和小虾里挑出来扔到了路边的草丛里，看来是要丢弃了，不知道这样做是不是为了规格大小的统一。

一只很小很小大概只有半岁大的小黄狗，乖乖地蜷在网笼旁边，主人一直不在现场，它也不乱跑，不乱动。有生人走近时，它站起来象征性地哼一声，又蜷在网笼旁边了。

路边的乱草丛里，时不时露出一两个发黄的南瓜，或两三个发白的葫芦，或一个发青的甜瓜。很想去偷一个，但不会真去下手，只是有一种强烈的冲动。

一大一小两头水牛待在湿漉漉的湖边草地里，许多只牛背鹭站立在一片有水的稻田里，不知那里可有小鱼小虾吃。

忽然风大起来，原来是走到一片非常敞亮的湖边开阔地了。

风一阵又一阵地吹拂而过，没有阻挡，没有阻隔。风吹在一直沉浸在暑热气候里的身体上，觉得那么快乐，觉得那么轻松，觉得那么凉爽。

这时才猛然惊觉起来，原来昨天已经立过秋了。

视野也开阔起来，只见宽展的湖面上停着几只大渔船。湖天是一色的，都不是那么蓝，也不是那么白。

湖浪也不大，一层一层，像鱼鳞的样子。

我坐在毛谷谷草下面才会想起许多事

鲜鱼湖湾的毛谷谷草可以长得高近两米，这在许多贫瘠的地方简直难以想象。

我喜欢在鲜鱼湖湾那些成片成丛高大的毛谷谷草下面静坐，看着浩瀚的湖面，看着随波而动却不起锚远航的渔船。

那是些波澜不惊的时刻。

我总是坐而想：波澜大惊是容易的，你只要走入社会和人群，就总能制造一些波浪，掀起一些波澜；但波澜不惊是不容易的，你得能压得住自己，你得能稳得住灵魂，你得能享受这天地精华。

我想起那一年大地震后去四川松潘采访，碎石道路颠簸，有一辆客货两用车从我们对面驶过，坐在客货两用车后面车厢里的一个女孩子，就在我们的视野里被颠落到车下，客货两用车上的一个男人赶紧停车下去抱起女儿，喊她的名字。我们的车驶过去了，我们车上的驾驶员说，不行了，走了。他是说那个几秒钟前还鲜活的女孩子走了，也就是再也不能和父母说话，再也不能回家吃饭了。这

毛谷谷草 XH2016.9.8

件事我总是无法忘记，永远无法忘记。

我总是坐在高近两米的毛谷谷草下面才会想起许多事，才会有这许多想法。

但也并不会专门有人为野生野长的毛谷谷草施肥锄草。

这是我也说不清楚的一个现象。

只有在鲜鱼湖湾我才会发现这样的现象，才会这样想，才会有许多想法。

蛐蛐草

毛谷谷草总是和水稗草、蛐蛐草（牛筋草）、马唐草、莎草、虎尾草长在一起，于是它们一丛一丛，一片一片，在湖湾边的闲地里连绵不已。

水稗草和牛筋草长得有点像，但水稗草从根部摊开在地上，看起来就像野草，而牛筋草成丛往上长，看起来像麦苗。

虎尾草的花聚拢在顶端，柔软像掸子。莎草的花则集中在茎裂处。

牛筋草和马唐草长得太像太像，我总是分不太清，只大概记得牛筋草的花是五裂分的，而马唐草的花是三裂分的。

现在有个词叫“撩妹”，意思是逗女孩子。我们小的时候只知道“撩蛐蛐”，就是用蛐蛐草或马唐草梢头留下的纤维去撩拨叫得响的公蟋蟀，让它们发怒，然后打斗。

那时候我的床底下摆满了自己用黄泥做的蛐蛐罐，一只罐里放一只蛐蛐。

和小伙伴们有时间就往野外跑，见到蛐蛐草就宝贝似的揪一大把回家，又宝贝似的省着用，用它来撩蛐蛐。

捉蛐蛐都是夜晚干的事，夏末秋初天天晚上带着手电筒外出，在大街小巷的砖头堆边、墙缝里，听见哪里有蛐蛐叫了，就轻手轻脚凑过去，用嘴咬住手电，用一根蛐蛐草把蛐蛐撩出来，再轻轻合拢两掌，形成中间空、四周实的形状，让蛐蛐跑不出去，再留出一条缝，让蛐蛐自己钻进专门用报纸做的纸袋里，这之后就可以把它带回家了。

在家里养蛐蛐要喂它辣椒，这样养出来的蟋蟀“口”，能斗。

生命都是伟大的了不起的

已经过了正午，鲜鱼湖湾附近原野上的太阳依然热辣，闪亮的阳光把路边的水稻、小嫩桑、楮树、小榆树、一棵一棵的黄豆、花生、芝麻、柿子树、槐树、杨树的叶子都晒得发软。

但是仿佛所有的有生命物和无生命物——晒蔫了的村庄、土地、湖面、河岸、树木、农作物、野生的小灌木和草本植物，甚至我猜想还有我们一眼看不见的小昆虫小动物——我感觉它们都正冒着骄阳，争分夺秒地吸取阳光。

我的身体似乎也是这样。人在刚过正午的阳光下容易出汗，但我还是情不自禁地要在阳光下行走，要出一身汗，我要再得到今年阳光的一些馈赠。我也是在对阳光进行今年最后的汲取吗？

我为什么会有这种强烈的感觉？

难道当下强烈的阳光真的正在成为即将逝去的、最后的光热资源吗？难道冲凉时已经要适当加热的洗澡水都在暗示：气温在我们感觉不到的时候已经或正在有所下降？

所有的生命都很伟大、了不起的！
许辉2016年8月26日于五闲阁
芦苇

植物，特别是一年生草本植物的生活史真是简洁而短暂的，许多植物清明以后才能萌动、发芽，在此后两三个月的生长成熟期里，还随时会有干旱、水涝、火烧、虫害、人为来侵扰它们，使它们的生活史戛然而止。

即使它们一切顺利，从萌芽到结籽，它们生命的历程也只有短短一夏。秋风一起，扬起它们倾尽所有资源凝结而成的种子，散播到可知与不可知的地方，它们的生命也就结束了。

或许正因如此，原野上的生命都在争分夺秒地充实自己的生活史，都在尽全力积聚上天赐予的光热资源，都在为种子这种自己基因的延续形式而做着最后的努力。

人生或者也应该如是。

所以生命无论大小高矮，都是伟大的，了不起的！

风道

湖岸边总是有一些风道，是两道岗子之间的洼地。

这些风道里的风一般都较大，风从湖面上吹过来，一直吹向内陆，最后被陆地上的植物、农作物、建筑物、村庄和地形消化和吸收掉。

虽然风道里有较大的风，但在其他地方就不一定有。

在风道以外的稻田里、水池旁、野草地里、树木里、村庄里、岗地后面，都不一定有风，即使有风的话可能也很小，甚至微不足道。

连湖面上的云朵或云堆也是无风的，它们体积很重地矗立在湖面上，基本不动。如果它们那里有风的话，云朵或云堆早就被风推着跑了，等不到我一直盯着它们看，它们半天都一动不动的。

湖湾的水边长着一丛丛开淡红色花的蓼，风会不断把它们吹来吹去，但它们减弱不了风的势头。

湖湾村庄的村外有几棵很大的柿子树。

一棵，两棵，三棵，一共有三棵。它们大约有脸盆那么粗。对柿子树而言，这就算很大了，很上些年头了。它们斜伸和半躺的树枝把进村的道路遮盖得很阴凉。树枝上结满了青柿，但要到深秋才熟得了。

鲜鱼湖湾附近的植物都长得十分有力道

鲜鱼湖湾附近原野里的植物好像都长得十分有力道。

那些一棵一棵单独生长的黄豆叶子特别肥厚，油黑发亮。

围绕着一些大石块生长的紫脉眉豆（扁豆、梅豆）都直竖着叶子、花苞、须蔓，把方圆数平方米的大石块围了个密不透风。

野苋菜在水稻田边长得粗壮有力。

河岸边一棵很小的榆树叶脉深绿，精神抖擞。

水稻看上去很快就要成熟了，稻穗都低垂下了头，露出了橙黄的稻粒。当我从成熟的稻田边走过时，我总是听见肥密的稻田深处有水生动物，例如黄鳝、泥鳅、青蛙、水蛇等吸食食物的声音，但当我停下脚步侧耳聆听时，那种声音又没有了，完全没有了，很久都没有。可是当我抬脚走了几步以后，那种声音就又出现了，很清楚是水生动物在水面吸食小昆虫的声音。

我从地上拔起一些毛谷谷草、牛筋草，编成一个草环，套在手腕上，又编了一个草环，戴在头上。

但我用多少草取多少草，注意不多采以免浪费。

我坐在阳光的湖岸上，眯缝着眼瞅着大湖里的水面、一两只静止不动的渔船、很远的湖对面朦胧的楼影、低至湖面的初秋的云。

出一点汗真是爽的、值得。

清晨的鸟也特别多起来

早晨天气十分凉爽，这是前一段时期未曾有的，不大也不小的风吹过湖边的草地、灌木丛和乔木的间隙，较高的草梢都向一边弯腰，显示出风的走向。

清晨的鸟也特别多起来，耳朵里脆亮的鸟叫声没有停止过。而且它们的叫声是立体的，地面上有，灌木丛里有，树林里有，湖面上和天空中都有。

一位骑三轮电动车的女孩子用一只手扶着车把，一只手打着一把花伞，其实，清晨的太阳才刚刚露脸，还没有什么热度或紫外线呢。

这个清晨，我见到了好几样我一直想找见的植物和动物。

我在离湖岸不远的草丛里发现了一棵长得很开的马齿苋，哈，赶快把它拍下来！它可是我半个夏天在这片湖岸、河口和湿地附近想见却一直没有找见的植物呀！

我还发现了一小片野燕麦，但我见到的是已经完成了生活史的野燕麦，它们已经枯死了，它们的种子白细白细的。

一大片种子即将成熟的莎草丛中有几棵水稗草，一个较大的蜘蛛网却偏偏织在两棵水稗草的穗子上，可能是水稗草的穗子较高大的原因吧。这个网上有不下十只小蚊虫之类的小昆虫。野外荒草间的蜘蛛网也是我一直很想看到的。

逆风飞翔的湖鸟

一群女工早早就搬着小板凳，到很大很大的一片麦冬地里拔杂草了，麦冬正在开棒状的花。

如果麦冬是长在农田里的，麦冬就是杂草；如果一棵小麦长在麦冬的绿化地里，小麦就成了杂草，就要被拔除了。这就是辩证的思维吧？

一片美人蕉的花有红有白，已经开败了。

这一带湖岸都是石质的，都是悬崖，直上直下的。

悬崖上长满了灌木和高大的蒿草，灌木的根暴露在悬崖的石壁上，长长的，有的黄，有的白，有的偏红，有的像自拍杆那么粗，还有的有玻璃杯口那么粗，但都显得有劲有力。

湖浪有节律地拍打着石岸，哗哗，哗哗，一直拍打个不停。

湖水虽然有点发浑，但还是清澈的，湖底的细沙、石块和硬泥都看得清楚。

湖上有一只逆风飞翔的湖鸟，在湖岸上看它逆风飞翔看得很清

迎风飞翔的湖鸟
2016年9月12日

楚：在湖面上的大风中，它的身体被逆风吹得柔若无骨，它好几秒才能逆风飞行一两米，但不知道为什么它偏要逆风飞行，飞得那么艰难，却飞得无比优雅！

一对打鱼的夫妻把小渔船划到悬崖下的小湖湾里整理渔网，初升的阳光被石质的悬崖和悬崖上的灌木挡住，现在还照不到小湖湾里，他们显然不是来这里休息的，他们整理好渔网后，又由男的划着划出了小湖湾。

人只得一生

白天就在湖湾边纯粹看湖，偶尔走一走，想停时停一下，也很有意思。

那时才发现湖真大，湖真开阔，湖真包容。

湖上总是有鸟飞翔的，任何时候都有，它们常常不是逆风而飞，就是缘风上升，我没看见过它们顺着风飞行的身影，也许这是湖鸟们的一种常态，但我不知道这是为什么。

湖里也总是有渔船的，有时候是大些的，有时候只是小渔盆，它们总是守持在这里，靠湖吃湖。

看见阔大的湖面我的胸襟不由得阔大起来。

看见逆风飞翔的湖鸟我的意志不由也高远起来。

看见无时不在的渔船我的人生不由就感觉充实起来。

人生并无优劣，只要过得泰然也便不负为人生了。

有一次看见一个故事，说 1949 年前有一位兵团的农垦职工，托人从山东老家说了一位姑娘，到新疆的中哈边境（原来的中苏边境）

和他结婚。那姑娘来了一看，太艰苦、太荒凉、太困难，住了几天就跑了，回到老家十年不回来。可是现在老两口孤零零自愿住在边境地区，不愿意跟着子女到所在的县城去住，他们已经离不开风大沙厚的当地的一草一木。他们变得老黑精瘦，他们放着一群羊，相互依持着，但这都是他们自愿的，他们过得温厚敞亮。

人只得一生，每一个一生都是独特的，也不可以比较。

每一个一生只要充实、愉悦，便好了！

偷眉豆

有一晚和太太在岸上夜行。

湖里有航标灯在闪亮，航标灯附近还有一支船队的影子和灯光在不懈地驶过。湖里虽然闪烁，但是不怎么移动的灯光是渔船，渔船在下网、起网，因此它的灯光看上去不怎么移动。

湖风吹得波浪不停地拍打在湖堤上，不过只听得见水涌的声音、浪打的声音，却看不清楚波浪和石堤接触的样子。

湖风越大，吹在身上越爽快。

心里的愉悦感越强，幸福指数似乎也越高。

一边走一边说起有一次在湖堤上偷眉豆的事情。

那时天还没完全黑，我们已经行走在湖岸上了，离村庄不远时，还能看见一位瘦精精五十多岁的男人，端着饭碗一边吃，一边在湖岸上漫行，一边看着湖里。

离村稍远点的湖岸边有一丛一丛眉豆（扁豆、梅豆），有紫叶脉的，有绿叶脉的，因此开的花颜色也不一样，有白玉般的花，有紫红色的花，一丛丛攒起来长，长得十分旺盛，果实也累累赘赘的，从来无人光顾的样子。

天眼看就要黑了，离村庄也稍有点远，又没有人，因此我们决定要偷一把眉豆，第二天用开水焯一焯，用蒜末凉拌来吃，那风味，独特无比。

我们互相说再长就长老了，摘一把吃也算不得偷。于是就心安理得地摘了一把，装进了口袋。

那也是很久以前的事了，都快要淡忘了。

我看见的他们未必会留意

我们和几位来访的朋友一起到湖边去散步。

一位朋友刚刚从英国回来，很兴奋地谈起英国大学里的一个文学奖，还希望我能积极地去申报。

哦，我的心思现在却只停留在水边的事物上。

我看见一对老年夫妻在湖边借助湖风的力量扬一箩刚收下来的大米，男的负责把袋子里的米举起来均匀地扬下去，女的跪在地上，用一只手撑着地，另一只手把米上的糠刮走。这样的米他们吃起来味道肯定不同。

我又看见一位老妇在湖边的小路上赶着一群正在长个头的小嫩鹅吃草，小嫩鹅虽然都长得有半米高了，但它们还是嫩嫩的，羽毛大多都还没白呢。它们低着头大口地吃着青草，看见人来了，老妇用小竹竿示意一下，它们就都昂起头向路边挤，老妇则训孩子般地呵斥它们几声。

我又看见湖外一户人家后园里的各种菜秧，这是一对老夫妇种的。老先生身体不太好，只负责在家里做饭，老妇却每天早晨去露水集卖她种的菜秧，露水集散了后，她吃过早饭就去地里干活儿。有时候我去她家买菜秧，她下午一点多还在地里干活儿，没回家吃午饭。但这些天都没在露水集或菜秧地里看见她了，该不会有什么变故吧？过两天要借买菜秧的由头去她家看一看了。

我和朋友们都从这里走过。但我看见的他们未必会留意，我看后所想的他们未必会想。

反过来也是一样。他们看见的我未必会留意，他们看后所想的我未必会想。

这一切都是谜

我在花石河入湖的河湾附近发现一些我今年一直没有见到的水生或湿生植物。

一种是荇菜，也就是《诗经》里说的荇菜，前一段时间水较大，水位也不固定，可能把它们冲散了。荇菜是根着浮叶植物，它们的根扎在泥里，叶子浮在水面上。它们的叶子是一种小而圆的叶子，叶面上也是光滑的。我曾经在江南江北见过采摘荇菜的场面：采摘荇菜的男女都各坐在一只小渔盆里，身体前倾，两手翻飞，采得飞快；有时是一个男人或一个妇女单独采摘，在一个水湾里，周围都是十几米高的大杨树，树叶把下面的水面遮得幽暗，很有意境。但许多男女各坐在一只小渔盆里采摘荇菜，似乎更有意味。荇菜荇菜，起兴之菜。有男女，或许才更有兴致。

另一种是芡，芡结的果实就是鸡头米，芡的叶子上有大量的皱纹，它们密密匝匝地布满了水面。

芡叶上站立的水鸟总是不断，有的飞来了，有的跳进水里去了，

不过总是有水鸟落在芡叶上。

水边的小路上遗落了一枚螺蛳壳，它是怎么到小路上来的？生命是怎样终结的？这一切都是谜。

我满脑子里最关心的事物

我要怎样才能更好地和植物在一起？我要怎样才能更好地和河湾在一起？我要怎样才能更好地和湖湾在一起？我要怎样才能更好地和小动物小昆虫在一起？我要怎样才能更好地和草毯山在一起？我要怎样才能更好地淡化时间的观念？我要怎样才能切实地感受到一株野草的萌动、出芽、长棵、拔节、抽穗、开花、结籽？我要怎样才能更好地预知一只小青蛙将要高台跳水的举动？我要怎样才能更快地找到生长在水边的一株黄花萱草？我要怎样才能观察到湖岸浅水里几只小湖虾的出没？我要怎样才能看到太阳出来晒干露水、第一股风把成熟蒲棒上无数茸茸伞吹向天空中的情形？我要怎样才能找到一段废弃后躺在湖边沙滩大石附近的虾笼的原主人？我要怎样才能找到一棵开花结果的蛇莓？我要怎样才能找到并吃到一棵小时候常在野外吃到的酸浆（红姑娘）？我要怎样才能更快地区别牛筋草和马唐草？我要怎样才能第一眼看到一颗成熟的红楮果掉进水里遭小鱼儿们争抢的场面？我要怎样才能第一时间和停在水边的渔民谈好活虾的价格？

这些，才是我此刻满脑子里最关心的事物。

夜行的黄鼠狼

我连夜前往湖湾边的住所，打算趁着空闲在那里待两天。

深夜的环湖大道，离城区较近的地方，还有许多车斜停在靠湖的栏杆边，我想象那是些谈恋爱的人，如果不是谈恋爱的，谁又会在已近零点的时刻还待在这里？

离城区愈远，车辆愈少，拐过大湖湾，就见不到行驶的车辆了。

夜鸟们早已入眠了。

我的右手就是河的入湖口，还有大湖。

道路和湖岸的步道上，有十几位中学生或大学生模样的年轻男女在步走毅行，其中一人身上穿着反光衣。这时已过零点了。

几百米后又看见十几个人在走，他们可能和后面那一批是一起的，只不过有些人走得快些，有些人走得慢些。

一两公里后又看见十几个人在走。

不知道他们要走到哪里去，但只要有一个集体在一起，走到哪里就都不怕了。

这不是黄鼠狼
这是四不象 XH 2016.9.11.

湖上星光点点，那是些捕捞湖虾和银鱼的渔船。

夜空里飘来毛鱼阵游过的细碎声……哦，这是我的想象。

我还是期待今年能有机会再见到水里的荇菜……越见不到的东西，越对它有渴望。

车灯前突然有一个黄色的物体从路边的绿化带里跑出来，以中等的速度穿越大路……

是一只纯黄色的黄鼠狼。

我连忙减速、靠边，让它消失在道路另一边的植物中。

这里是它的地盘。

希望我没有打扰到它。

我很庆幸我的车速不快，如果由于我的过失而干扰到这个平时我们绝不可能留意的地方一些生命的进程，那是我所不愿意的。

银鱼汛、毛鱼汛和虾汛

银鱼汛、毛鱼汛和虾汛已经开始了一段时间了，夜里暗淡的湖面上总是灯光点点，闪闪烁烁。

早晨再往湖面上看去，只见湖面上停着许多大大小小的渔船，但是太阳一出来，湖面上的渔船就渐渐消失了，快到中午时就不见一只船了。

起初会以为它们是突然蒸发了，后来才知道它们靠港卸鱼或泊岸休息去了。

小渔港里成筐成筐的噘嘴鲢子、毛鱼被从一些筐里倒进另一些筐里，然后就消失不见了。不过很快附近集镇的菜市场里出现了它们的部分身影，整筐整筐的噘嘴鲢子被倒在尼龙布上，引起菜市上人们的争抢。

湖鲜淡淡的腥味也弥漫开去。

菜市上的湖虾有颜色淡的和颜色深的两种。颜色淡的是湖里的虾，颜色较深的是河里、接河的浅水湿地或河流入湖口附近的虾。

开湖啦XH 2016.9.12.

河虾卖得便宜一点，湖虾卖得更贵一些。

白白的藕也都上市了。藕的嫩梢一元钱可以买一小堆，生吃会发出脆脆的响声。

银鱼的数量还是少的。

银鱼像米粉做成的，白里透着纯，软滑如水，很有黏性和弹性的样子。

蒲棒都消失不见了

湖边湿地里的香蒲正在慢慢地变老、干枯，夏末，它们身边一支支绛紫色的蒲棒都消失不见了，它们去哪里了呢？是被风吹去地面和天空了吗？

湖里的渔船很多，现在成了一种新常态，从远处看它们泊了不动，但实际上它们会随着湖浪上下起伏。

清早气温宜人，小小的风吹在身体赤裸的地方，有一些沁人心脾的快意。

浅水湿地边的牛筋草、扒根草、水稗草都在慢慢变得不水灵。酸模叶蓼已经很难找见了。湖里的荷花也不易觅得踪影，有些荷叶正向水面歪斜。空心莲子草的地盘好像也在不断收缩。

芝麻正在成熟，芝麻开花节节高，有些还在开最上面的几朵花，这说明它们离全部成熟的状态已经不远了。

湖边不规则的小块玉米地里，有一位包裹淡花头巾的妇女在收玉米。她只掰玉米棒子，不管玉米秆子。玉米的秆子和叶子都黄得

芝麻开花节节高
许辉2016.9.8

不能再黄了。

我终于在小村的露水集上见到那位卖菜秧和蔬菜的老妇了，她手捧一个很大的白瓷缸，边吃里面的早餐边和旁边一位农妇说话。她面前摆着自家种的一些白茄子、豆角、辣椒和一小篮紫色的菱角。不知怎么的，我就放下心来了。

村集上一家早点店里进来几位刚从附近村里赶来的男人和女人，小店里本来已经坐了三五位客人，现在的人气就更旺了一些。

“这是起北风了，天再热不起来了，要是下一场雨就更好了。”卖煎饺、馄饨的老伯用肯定的口气大声说出上面这些话，好像是给这段及后面的天气做了一个不可更改的总结和预测。

野斑鸠光明正大地吃芝麻

下午的阳光虽然也还明亮，但已不再那么热烈。

秋天的气息渐渐散落在湿地和浅水的角角落落里。

成熟的芝麻被砍了下来，摊在路边晾晒。有一只野斑鸠在芝麻棵上踱着步，时而歪一歪头，啄几粒芝麻吃。

附近有一对夫妻在收花生，男的把花生连果实带秧子起出来，女的坐在花生地上，把花生一个一个摘下来，丢进一个竹篮子里去。

湖边曾经葱茏的大树丛后面隐约显露出村庄的一角，许多杨树的叶子都在变黄，有一些叶子已经飘落在湿地水岸之间了。

一块伸进湖水里的小半岛上，支起了数十张漏床，上面晒着小毛鱼和大大小小的噘嘴鲢子，一眼望去，白花花一片。傍晚，二十几个男女工人用尼龙袋和塑料铲把晒干的毛鱼堆起来，再装进尼龙袋里去。有一位戴草帽的男人用粗墨笔在每一个装好扎口的尼龙袋上写下一个“优”字，再写上日期。

晒场旁边有一位农妇用锄头锄地里的水稗草。那是一块长方形

的地，水稗草像水稻那样一垄子一垄子地长着，就像有人种了它们一样。水稗草也结满了种子，快要成熟了。农妇的塑料桶里放着一杯茶水，一个小收音机，收音机里播放着当地的戏曲。

路边的蒿子都结满了种子，有些蒿草已经焦枯了。

黄熟稻田里的婚纱照

我和太太躺在一大片正在黄熟的稻田上面的一块草地上，从我们躺着的地方，能够居高临下地看见湖边洼地里那一大片愈来愈黄熟的稻田。

如果细细地观察，就会发现视野下的稻田并不是一展齐平，而是错落有致的。组成大片稻田的小块稻田，也高低不齐，青黄不一，这就更让人觉得稻田色彩丰富、起伏不定了。

稻田外面是湖湾的浅水和湿地，一只小渔盆泊在那里，随着微小的水势晃动着。

秋天的阳光照在我们身上，天空中时不时有小鸟在叫唤，说清静，还有天地中的噪声，说不清静，却也没有让人心烦的市喧。

身下的草地由水稗草、牛筋草和扒根草组成。一种渐渐成熟的草香正不慌不忙地溢出来，叫人心里稳定、陶醉。

不远处一辆商务车开来停在路边，从车上下来一位摄影师、一对拍婚纱照的夫妻，还有两位女助理。

新郎穿着黑色的西服，新娘穿着白婚纱，他们在助理的帮助下，小心翼翼地走到下面的稻田中心，摄影师则留在路上，这样能够居高临下地拍摄。

新郎和新娘摆出各种姿势拍照，大片正在黄熟的水稻簇拥着他们。

天也越来越高蓝了。

只有一些细微的秋风在吹动着。

顺风起飞的蒲种

哈，这一天我终于看见正在顺风起飞的蒲种了。

我看见了随风飘散后种子还没有散完的蒲种，赶紧用手机把它们拍下来。

我仔细观察风吹过蒲草时，蒲种使劲挣脱蒲草花茎的情形：它们一而再、再而三地使劲挣脱蒲草的花茎的束缚，最后终于借助蒲种上茸毛的浮力，顺风而去。

它们显然明白不可在母株上长久留恋的道理。

母株是牢靠和省心的，但是母株把成熟后速速离去的基因留在蒲种里，这是有理由的，是让它们开始新生活，并且为种群的扩大尽心尽力。

一大片蒲草附近还有一大片红蓼，红蓼也在开花、结籽，它们把湿地近岸的地方弄得很有情趣。

回到家里以后，我发现我的裤腿上沾满了蒲草的种絮，却不知道它们是什么时候沾上去的。

我把这些种絮捏下来扔进花盆里，如果条件适宜，它们或许明年就会在那里生根、发芽。

水边的洼地竟然都氤氲起来

水边的洼地在清晨的时候竟然都氤氲起来了。

淡淡的水汽从洼地蜿蜒的水道上、湿生植物的群落里，用几乎看不见的速度，缓缓地散漫或上升开去，有如仙境。

一些自行车爱好者正行头齐整，一个咬一个，从后面的环湖大道上骑过去。

朝阳深红，从洼地的背后升起来。

在朝阳的照射下，可以看见直立着的草尖上顶着一粒粒晶莹透亮的水珠。

水珠闪亮。

芦柴正在抽穗。一只几乎透明的蜻蜓停在芦柴宽大的叶子上，很难看得出来。

水边的洼地更加氤氲起来了。

淡淡的水汽从洼地蜿蜒的水道上、湿生植物的群落里，加快速度散漫或上升开去，更加有如仙境。

秋天最是野牵牛的季节

秋天最是野牵牛的季节，路边甚至有长达数十米的地方，都是野牵牛在开花。

到处都是野牵牛蓝色妖艳的花朵，它们不但在地面上盛开，更会攀爬到小灌木上，形成一个花包树的形状；它们还会爬到野生高粱上，显得亭亭玉立。

一些收割下来的芝麻被扎成小捆，立在少有人走过的桥梁的栏杆旁晾晒。桥梁旁边的芦柴都抽穗准备开花了，野牵牛这蓝色精灵也爬到它们高高的秆子上绽放了花朵。

一丛不很大的刺槐出现了，这种植物在长江流域不是那么容易见到的，现在竟然能在湖边见到它，真有一种亲切的感觉。

楝树在长江流域也难得一见，我竟然在河边见到了一棵楝树。

蓝花朵朵的野牵牛不去光顾刺槐，却去攀爬一棵树干深暗的楝树，在楝树靠路的一些枝条上开出了妖艳的花朵，真叫人喜欢！

所有草本植物都在加速完成自己的生活史

枫杨树的果实悬垂下来，呈一串长条形，它们的颜色已经发暗，这说明它们已经完全成熟了，如果没有成熟，颜色就是青的。

枫杨的果实掉落在地上时，已经散落成一粒粒零星的果实，每一粒果实上长着一对轻盈的翅膀，像一个个隐形飞机，如果有较大些的风，这些果实就会借助风力，飞翔到较远的地方，在那里生根发芽。

一棵灰灰菜模样的植物在草本植物群落里显得高挑玉立。

一株绿豆正在鼓起的花苞上伏着一只长有暗斑保护色的小毛虫。对这棵农作物和人类来说它是不好的，但就生物多样性而言，这只小毛虫又只是生态链条中正常和正当的一环，有它存在的必要和意义。

水边的一大片蓼正在开花结籽，虽然它们的红不是那么鲜，也不是那么艳，但它们开出了一大片，也显得热烈而壮观。

不用说，所有一年生的草本植物都在加速完成它们的生活史。毛谷谷的穗子小部分还在发青，但大部分都在变黄，甚至开始变得灰暗。路边一棵棵野生高粱生长健壮，正在抽穗开花。农人遗落在路边的零星水稻也长势旺盛，它们叶色深绿，抽出了稻穗。

不洋气的鸡爪子花

黑石湾和红石湾附近湖湾和山村之间的低山、低地、水洼地大都改造成农庄了，通往每个小山村和小湖村的道路都修成了紫色的彩道。城里开车来的人现在可以很方便地进入以前难以到达的山村和湖湾了。

现在的湖村和山村还是朴实的，以后就不一定了。但这是大多数人都愿意的：村民和城里来的人。

山村旁边有几棵泡桐树，现在这种树也很难见到了，特别在经过人工改造的地方。

偏僻的地方却有可能见到它们不多的身影，这是文明发展滞缓的特征，却能在无意中保持一种多样性。

山村的房前屋后种了许多开粉红色花朵的鸡爪子花，四十年以前妇女们用这种花染指甲，很有些就地取材的智慧。

一丛一丛的鸡爪子花断断续续一直延伸到湖湾附近。

有时还能见到鸡冠花和美人蕉。

这都是些不“洋气”的草花，但很有乡土的气息。

蝴蝶和楮树叶

沿一条山林道往湖湾去。

山林道两边都是树木，有楮树、杨树、松树、楝树、榆树，树中间是一条碎石道。

一只蝴蝶围着一片树叶飞，飞来飞去，最后落在一片树叶上。蝴蝶是白色和土黄相间的颜色，不仔细看，觉得蝴蝶的颜色并不鲜艳，但凑近了仔细看，才发现这只蝴蝶自有它暗亮的色彩。

楮树叶很柔软，不容易折断。伸到路上的一片楮树叶的背面长着许多叶瘤，这大概是受到细菌的侵袭了吧！

但是，又有几个人知道发生在某地某片山林里某条山林道旁一棵楮树树叶上的事情呢？许多事物都是这样子的，都只为少数眼睛和少数心灵所关注。

山林道的尽头是湖湾的一片滩地，滩地上有沙子，有碎石，还有几块从附近崖壁上冲下来的大石头。

落在樹叶上的蝴蝶
许辉 二〇一六秋

汛水退去以后又长起来的扒根草显得嫩绿嫩绿的。

这里的蝴蝶明显比别的地方多，它们在湖滩上飞来飞去，也不时会降落在一块碎石上，或一片枯叶上，或一片湿地上。

山崖旁结了三个大葫芦

山崖旁结了三个大葫芦，这一定是崖上那一家种的。

鱼鳞状的云片布满了部分天空，这可能预示着今天的天气会一直是多云。

我坐在草地高坡上方的一把木椅上，两个戴棒球帽的小伙子坐在他们各自的电动车上，伸着腿面对着崖下的湖面说话，我仰脸看着甬道对面几棵结满了荚果的合欢树。

湖面上的晨风能够吹到崖上的草地上来，使人的身体凉爽爽的十分快乐。

湖岸上湖浪的声音隐隐约约，树林里到处都是各不相同的鸟鸣，除此而外，也就没有多余的声音了。

木椅附近有开着黄花园艺品种的矮萱草，两大丛美人蕉花开花败粗犷大方。

两棵大树间结了一张很大的蜘蛛网，我一直努力想把它拍下来，

于五闲阁
结了三个大葫芦2016.8.26.

无奈拍出来的照片都看不见蜘蛛网的样子。

木椅旁有几株红叶天竺，另外还有数丛小叶栀子，现在都不是它们开花的时候。

水面以下的生活都在照常进行

河流入湖处的湖湾现在阒寂无人，而且整个上午似乎都阒寂无人，我一人独在这里，这是我一人独在的河口和湖湾。

湖岸上的牛筋草正在渐次枯去。

水面下有许多水草，由于水草长在水面以下，又由于水面对阳光的反射，我一直看不清水面下生长的是什么水草。

水面上生长着成片成片的菱角叶，它们的叶子大致是菱形的，它们每棵由叶子组成的形状也大致是菱形的，这是很有意思的。

不时有水泡从水面下或水草间、菱叶间冒出来，还不时有水族吃食咂巴嘴的声音，这说明我们虽然看不见，但水面以下的生活都在照常进行。

一只小小的野鸭停在菱叶之间，它一会儿昂头看着四周，一会儿在水面上噗噗噗行走数米，一会儿钻进水里，过一会儿又从另一个地方冒出来，反复不已，不知道它是在防人呢，还是在捕食，还是在自娱。

秋天的雨雾使我们产生错觉

湿地及其附近的所有植物都笼罩在水汽蒙蒙的秋雨之下。

乍看上去，有些毛谷谷草的谷穗还挺直发青，芦柴正在抽穗开花，杨树的叶子还稠密茂盛，拉拉钩（葎草）还绿意盎然。但这只是此地植物界的局部现象。更多的毛谷谷草已经果实成熟、逐渐枯萎了，更多的芦柴已经弓下了腰身，更多的杨树叶正在脱离树枝、回归土地，更多的拉拉钩正在褪去鲜绿的颜色变为老绿。

秋天的雨雾使我们产生了错觉。

但湿地及其附近植物的生活史也不是千篇一律、步调一致的。

每一株植物都有它的进化节奏和独特性。

此刻先做个智者吧

在不大不小的秋雨笼罩下，水边的芦苇丛朦胧一片，边界显得十分模糊不清晰，因此它背后以及更远处的水面，也就显得更氤氲、更缥缈了。水面上似乎有残荷，又似乎有菱角叶，又似乎有浮萍，又似乎有水鸟，但又似乎什么都没有，似乎什么都若有若无。

浅水里的蒲草正在整体泛黄，碎石小路边的水稗草已经枯黄一半了；偶尔偶尔，有一声带润气的水鸟声响起，在这个完全无风的环境中，鸟鸣声也难能远传。

我们打着伞在湿地和浅水边快走，或漫步。虽然我们谁都不明说，但我们都知道，我们都在心里暗自庆幸我们选择了在水边这样一种了不起的生活方式。

仁者乐山，智者乐水，此时，此刻，我们还是先做个智者吧。

慵懒却又悦人的境界

沿芦苇丛中的小路蜿蜒而入，很快就能到达近水的一处高地。

这里才是秋鸟们欢聚的乐园呢。高地上几棵大柳树的枝丫上，喜鹊们从这里跳到那里。麻雀们总是匆匆忙忙的，它们成群地飞落在树枝上，浮躁而热烈地喧闹着，突然，又像得了号令似的，你争我抢一窝蜂地飞离大柳树，低空掠过水面，又噗噗落在浅水里大片的芦苇丛中。牛背鹭似乎从来都不落在树上，它们只站在湿地边的草丛里，或长着茭瓜和菖蒲的浅水边，总是那种以逸待劳、不为生计犯愁的模样。

湿地、芦花、红蓼、浅水、残荷、秋天的雾湿气，掺和在一起，组成了一个慵懒却又悦人的境界。

加速分化

整个安静的上午，我都在湖水和湿地之间看事物。

我看见一只小渔船上有两个穿棉袄的男人蹲在船头收网，他们一直收，一直收，小渔船就跟着收网的方向自动向前滑行，一直到视线被一片柳树挡住为止。但过了一会儿，小渔船又从树影后面慢慢地漂了出来。

湿地里有一大片一大片开红花的湿生植物，既像蓼，又看不清是否是蓼。

这里湿地边的草本植物似乎在加速分化：毛谷谷草已经彻底黄枯了，一片芦苇则开花正盛，浅水里的蒲草已经黄了一半，湿地里的野草却嫩绿葱茏。

再去一次草毯山

仲秋里再去一次草毯山。

草都已经枯了，草毯山贴地的草枯了才最好看、最有味，脚踩在上面，松软如毯，才最令人怀想。

山坡旁这里一棵，那里一棵，长着一些酸枣树。还有在这里永远长不大的棠棣树，它的树皮略有点发白，也不知道结出来的果实有多大，有多酸。

一个小树坑里长着一棵楮树。楮树的生命力真是旺盛，果实落在哪里，就在哪里生根、发芽、长大，几年下来，就是一棵大树了。

不知名的小红花贴着枯草开放，很少，零星的几朵，在仲秋的天气里，却显得非同一般。春天也是这种小红花率先开放的，难道它一年也会有两个花季？

野蔷薇带刺的枝条可以延伸三四米远，我只是走过去俯身看它有多长，却不去招惹它，以免它的刺扎着我。

在半山坡上有一片俗称野大麦的野草正在结籽，也许在附近漫步的小鸟们是喜欢它的果实的。

坐在山坡的草地上，就能看见山下的稻田、湖湾、河口和湿地里的植物。稻田现在是一片熟黄了，有点像仲春油菜花盛开的景色。不过油菜花盛开时是一片鲜黄，而水稻成熟时是一片熟黄。

油菜花盛开时，的确是一片鲜浓的黄。

花香浴

小镇位居沿江平原的江南地带。站在靠近国道北侧小镇楼房的房顶上往南看，国道与大湖之间，是一望无际的油菜花海，花海的南部，有一些村庄，村庄的南部，又是油菜花海，起起伏伏，一直绵延至湖畔。

离开小镇，穿过车流不断、繁忙的国道，来到国道南侧。国道边有一个候车亭。候车亭上有透明的棚顶，可以遮风挡雨，亭下有不锈钢长条座椅，方便候车的旅人歇脚。清晨，斑鸠咕咕叫的时候，候车亭外已经有人站立，候早班的车，去往东西南北了。

在候车亭的长条座椅上坐下，背后就是无际无涯的油菜花海。但清晨的天气还有些凉，人们的身上还穿着大大小小的羽绒服或小棉袄，人们的情绪还有些保守。随着太阳越升越高，越升越高，逐渐热力四溢，候车和旅程上的人，精神不由得都越来越振奋了。

就长时间地、背倚着黄澄澄、香喷喷的油菜花海，在候车亭里

2016.9.11.

坐着，仿佛在候一班东来西往的客车。附近有蛙鸣声，不时传来，这一定是无际油菜花海中，一些断续水体里刚出眠的青蛙在召唤异性。国道上车来车去，匆匆忙忙。候车的人，陆陆续续，来了几个，车到了，走了几个，又来了几个，又走了几个，循环往复，若无止境。手机里还有对面房里的网络信号呢。时不时看一眼手机，感受到千里、万里之外的世界、国际、人际和生死。

歇息是为了明天的行走，行走是为了更好地歇息。

太阳渐渐升高、升高，暖意更浓。候车亭背后油菜花的香气也更加浓厚，候车亭仿佛愈加陷入油菜花海的内深里去了，整个都被一人多高、黄灿无边的油菜花海包围，仅留出面前的一条官道，通往各方。时间还早，阳光明媚。就这样，被阳光、暖意、花海、花香、车流、旅人、信号和蛙鸣包围。就这样，在整个世界有些浓腻，但我十分喜欢的黄澄澄的油菜花海和油菜花香的围裹里，我沉浸其中，浸润其中……

哦哦，这就是此刻我周围的世界，微观的世界，或仅为我感知中的世界。就在此时此刻，有无数有感知的人，有无数个微观世界，有无数个中观世界，有无数个宏观世界，有无数个生命的世界，都同时存在着、运转着。我仅为其中之一。这就是我们的世界？这正是我们的世界。这就是生命的世界？这正是生命的世界。这就是我们的感知？这正是我们的感知。这就是我们的存在？这正是我们的存在。

道路，是人工的坦途；花海，是自然的彩绘。道路，是人类的思路；花海，是自然的情绪。

下午或傍晚时分的候车亭，人会越来越少。面前国道上的车，也在逐渐减少。阳光的热力也慢慢弱化了。背后油菜花海的浓香还在：花海的面积太大了，就像浩瀚无边的真正的大海，大量的热量才够它吸收，当它吐出热量的时候，也需要很长很长的时间。坐在已经不那么喧嚣、嘈杂的候车亭下，心也像尘埃落定那样，缓缓地收敛了、清定了。也还会有一两个人，匆匆地从镇里或连接村庄的小道上走来，他们急着回家，或去赶事，心情急躁地看着国道上来车的方向。终于，客车风驰电掣般来了，但远远地就开始刹车、靠边。他们高高地扬扬手，车还没停稳，他们就上了车。客车鸣笛，提醒没上车的人，售票员也站在车门口吆喝一声。客车立刻轰大油门开走了。尘埃正在落定的感觉，重新笼罩了江南的沿江平原。

天即将黑去时，国道上显得干净而清爽。不时也会有车辆经过，但完全没有繁忙、拥挤和赶路的感觉了。油菜花海的轮廓，渐渐模糊不清。不过，被降温稀释了的花香，还明显嗅得到。旷野既可见、又难见，既明确、又暧昧，既广远、又亲近，既存在、又不在，既突出、又铺展，既真实、又虚幻。气温逐渐下降了。不远处的路灯突然绽放开来，给冷落的小镇及镇外的国道添加了人气。

斜对面平坦的广场上，不知何时来了三四位中青年妇女，她们放起了流行歌，排成排，跳起了广场舞。国道上更加冷落了。通向花海里的村庄的小路，还偶尔有晚归的男人，骑着摩托车加速进入。跳广场舞的妇女不觉间增加到了三十多人，排满了广场，很有气势了。但她们跳舞的时间并不长。她们收场以后，小镇、镇外的国道、长江的沿江平原、油菜花的海洋，很快、很快地冷落下来。气温加速下降。但裹着羽绒小袄，坐在候车亭的不锈钢长椅上，被背后仍然无际的油菜花香袭拥着，更有一种沉静感。

一直在候车亭坐着，坐而无思、坐而无念、坐而无虑、坐而清冽、坐而憨实、坐而厚道。我只不过是世界的一名更夫呢，极偶尔的，这样想。只是极偶尔的，这样想：我只不过是世界的一名更夫呢。极偶尔、极偶尔的，会这样想。念头一闪而过。极偶尔的，才会这样想。油菜花香被夜色稀释得清淡飘逸，但仍不绝如缕。有时候，面前的国道上，半个小时都没有一辆车驶过。因为，夜渐渐深了。

树上的鸟窝 XH 2016.11.22

多数路灯都灭了，只有国道通往村庄小路那个三岔路口的灯，还亮着，成为夜的眼睛。

清晨再次君临。国道和小路口那最后一盏路灯悄然熄灭。太阳东升。人、胜利小镇、国道、动物和植物、油菜花海，都重新活跃起来。国道上车来车往，愈来愈热闹，候车亭里、候车亭外，候车的人聚了又走，走了又聚。人们大声说着话，打着招呼，互相问候。更多的人手里拿着纸做的假花。假花鲜艳，以红、黄居多。清明快要到了，做清明的人越来越多。国道上总有摩托车来往驰过：男人骑车，女人在后面抱着大抱鲜艳的假花。

暖热的阳光再次使油菜花海的状态接近顶峰。花香喷射，浓郁腻人。花海的颜色也鲜黄纯正。一辆小面包停在候车亭侧面，车上三角铁焊成的广告牌上写着：专修楼房漏水；车门和后窗上贴着“补漏”字样。一个晒得黑黑的男人，把驾驶座椅放倒后，躺在上面沉沉大睡，他太疲倦了。车上下来一位三十多岁的女子，看起来也是结实能干的，她从车上搬下来一个很大的方形塑料水桶、一个液化气罐、一包菜薹和蒜苗、一块小菜板、一把菜刀、一小包大米、一两个小锅、几个装酱油醋的塑料瓶，开始切菜、做饭。饭在锅里煮着时，她就坐在敞开的车门里，一边休息，一边看着车来车去的国道、上车下车的旅人。

没有候车的驿站，我们疲累不堪；没有芬芳的花海，我们心绪荒芜。

更暖热的阳光和空气，使油菜花海的状态达到顶峰。离开国道边的候车亭，向南进入油菜花海。太阳几乎升到了头顶。站在大地一个较高的高点，俯瞰天地间的鲜黄。油菜花以其海洋般的开放，收获了无法计数的喝彩和鼓掌。花海中一棵嫩绿如云的柳树，向周围和天空要求新春的芬芳。飞鸟取走一片油菜花瓣，就衔去鲜春的快讯一片。村庄炊烟袅起,那已经十分罕见。乡道上骑摩托车的路人，则时起、时伏、时隐、时现。

经过一些村庄后，人愈显稀少，花海却愈显起伏、广大、无际。村庄里有盛开一片白的李子花。桃花粉红,紫玉兰深紫,白玉兰洁白,白菜花鲜黄，大葱花打苞，荠菜花碎白，茶花浓艳、深红。村外嫩黄无边的油菜花拥挤在路边，但一片嫩黄里却有十几棵亮白色的花。我站在路边等待，一直等到一位骑摩托车的中年男人经过，招手请他停下来，向他请教。他告诉我，那是去年地里没有收净的萝卜，现在开出了白色的花。萝卜的叶形、枝形、花形、高矮，都和油菜长相相似。

从大些的村路，转向小些的田路，再转向更小的毛路。我要向哪里去？我是在等谁？我是不是要保守我心中的秘密？要不要永远向着那个方向？要不要永远向那里走？太阳在侧上方照晒着，蛙鸣声时断时续，但一直不曾停止。较远的地方有两位中年男人在闲地里打除草剂，看样子那些地块要种玉米或山芋了。

小路转弯处有两座水泥坟墓、两块青石墓碑。一块墓碑上写着“兄◇华杰 墓”，立碑的是他的弟弟和妹妹。一个男人和一个女人，在墓碑前烧过纸后，叹口气，骑上摩托车开走了。另一块墓碑上写着“兄◇毛海　嫂◇银莲 合墓”，立碑的是他们的弟弟。都是弟弟和妹妹为兄长建坟树碑。这到底是怎样的一种生情呢？

卖大麻花的机动三轮车，从背后的小路上驶过，小喇叭有规律地吆喝着。毛路扭转，花海迭现。放蜜蜂的一家人，把帐篷安排在村路附近的空草地上，蜜蜂飞舞，花香深远。路边有一位中年妇女，把一块只有一张床大小的油菜地里的油菜拔干净，把地翻了一遍，她这是准备在这里育菜秧吗？近午的油菜地里偶尔能听得到狗叫声。蛙声过数分钟也总会响起。较远处的花海深处，一块已平整好的秧田里，四五位妇女挽起裤腿，正站在稻田里撒稻种。

杨树挣扎向晴空，斑鸠笨拙赴枝丫。一湖碧水半滩花，三朵春云两片槎。

湖边的阶地上，油菜花梯次呈现，一直伸延到湖滩上。仿佛阒无一人，湖、天、花、香，是此刻的主角。在油菜花盛开时期，花色会一直洇染到湖滩，花香会一直扩散到水面。由油菜花盛开的阶地上，梯次下到弧形湖滩细实的茸草上，这时才能看得清细实的茸草的真面貌。那是大片大片细如尖针、柔若丝线的野草，它们密密实实，纠结难解。脚踩在上面，绵软无比。草面上开满同样细小稠密的花朵，粉红的、亮蓝的、鲜紫的。一开就是一片，一开又是一片，片片相连，相连成片。

在阶地高处油菜花围裹的油菜地里坐下，歇息、静心、骋想。在这里，站起来能够看见蓝色弯曲的湖面、起伏向下的油菜花地、一头散走的小水牛、二十只吃草的小白羊、湖滩上密密麻麻的半蓝半粉的小野花、远处村庄的屋顶；还能看见养蜂人家帐篷的蓝色篷顶：不是由于距离较远，两处相距也就大约三百米，而是由于油菜长得太高，帐篷相对较矮。坐下来，则将融入花海、消失殆尽、无影无迹、天人一体。

阳光暖亮，花香浓热。花瓣撒落一地。就在花瓣落地最厚软的油菜花下，或卧，或侧，或仰，或坐，或眠去。周边、四围，总有蛙鸣断续响起；总有斑鸠的咕咕叫声；总有一只中等大小的鸟，努力地衔一根长长的草枝飞过，去垒它的窝儿；总有四五种不同的鸟鸣此起彼伏；总有一只早醒的白蝴蝶，轻盈地飞去、又飞来。

暖热的阳光，透过顶端黄亮亮的十字形花瓣，不规则地、斑斑点点地，照晒我的身体。我除去通体的衣物，仰卧在厚而软的花床上,做我的花香浴。阳光几乎直射在油菜花海的侧上方了,热力四放。我要不要告诉他人我的秘密？我要不要告诉他人我的身体？我要不要告诉他人我的心界？我要不要告诉他人我的姿态？我要不要告诉他人我的花香浴？我谁都不要告诉？除了天、地、花海、飞鸟、蛙鸣、柳芽、桃花、李花、万物、世界、宇宙，还有她、他和它？

看得见的花海，充满了激动人心的风景；看不见的青草，也不失去它们存在的理由。花朵不可能数得清，思想不可能说得明。鸟飞在天空中，胸怀更加宽广；树扎于土地上，根基愈加牢实。

我的每天都要进行的熏蒸花香浴啊。花瓣铺满我的身下，落满我的身上。站起来，我依然能够看见每天都看得见的那些、听见每天都听得见的那些、闻到每天都闻得到的那些：蓝色的湖面、细针一样的滩草、小朵亮蓝色或粉红色的野花、养蜂人的帐篷、漫天遍野鲜黄色的油菜花、远处乡道上驰过的摩托车、湖对岸淡淡的山廓、不远处村庄的屋顶、嗡嗡飞动的蜜蜂、一两只白色的蝴蝶、五六种不同的鸟鸣、风动时油菜花瓣落地的声音、时断时续但永不停止的蛙鸣、我非常喜欢的油菜花浓腻的香气……我卧下来，风摇而下的花瓣雨会很快落满我的额头、脸颊、胸脯、肚腹、私处、大小腿、脚掌，会很快覆盖我的全身。

阳光暖热。再暖热。更暖热。花香喷射、芬芳、热溢、扩散。风起时，推送来远处的热力和花香；风停时，就真切地感觉到阳光的热情、生命的本真。所有的外套都抛除了，所有的束缚都摒弃了，所有的非我都剔汰了，所有的浮尘都弹尽了。看看这个赤裸的我、本真的我、天地的我。我要保守我的秘密，不告诉任何人。

我的身体、我的毛发、我的四肢、我的感觉、我的体验、我的私欲、我的思想、我的灵魂、我的她他它。隐秘处的毛发，在喷热的阳光照晒下，像盛春此刻的植物一样，都慢慢从软缩的状态，伸张开来，伸开、张开、伸张开、舒张开、铺展开；变粗，变壮，变粗壮，愈发自我、自然、自得、自由、自在、自信、自化、自壮、自由生长、自然扩展、自在变化。真好！有一种切实有效的生命感。但我不告诉任何人。

飞鸟经常从水边的花海上空飞过。但我不告诉任何人相关的细节，我要保护我的隐私，我要保守我的秘密。我不告诉任何人我的体温，不告诉任何人我毛发的颜色和数量，不告诉任何人我的体感和体验，谁都不告诉，除了天、地、花海、飞鸟、蛙鸣、柳芽、桃花、李花、万物、世界、宇宙，还有她、他和它。我或在等待、或不等待，或在静候、或不静候，或者有我、或者无我，或有所思、或无所思，或者坚挺、或不坚挺，或闻天地、或听内心，或卧而忘、或坐而思，或喃喃自语、或心向往之……

阳光明媚，花香四溢。

花香浴，香花浴，浴花香；花心浴，心花浴；心香浴，浴心香。真好！

语言总是有限的，但花海的姿势永远不同。

心思总是宁静的，但心海的广远永无止境。

锋利的思路消散于嘈杂与喧嚣，清澈的底线混乱于邪念与欲望。

神秘的前方是更多的神秘，花海的尽头是更大的花海。

灵魂在灵巧时变得浅俗，生命在生动时失却深刻。

花香在洗浴时浸入内心，思想在宁静时嵌入灵魂。

图书在版编目(CIP)数据

人人都爱在水边 / 许辉著 . — 北京 : 北京十月文艺出版社, 2017.11
ISBN 978-7-5302-1709-2

Ⅰ. ①人… Ⅱ. ①许… Ⅲ. ①散文集—中国—当代 Ⅳ. ① I267

中国版本图书馆 CIP 数据核字 (2017) 第 194520 号

北京市 2017 年度重点图书选题出版扶持项目

人人都爱在水边
RENREN DOUAI ZAI SHUIBIAN
许辉 著

出　版　北京出版集团公司
　　　　北京十月文艺出版社
地　址　北京北三环中路 6 号
邮　编　100120
网　址　www.bph.com.cn
发　行　新经典发行有限公司
　　　　电话 (010) 68423599
经　销　新华书店
印　刷　北京盛通印刷股份有限公司
版　次　2017 年 11 月第 1 版
　　　　2017 年 11 月第 1 次印刷
开　本　850 毫米 × 1230 毫米　1/32
印　张　6.75
字　数　95 千字
书　号　ISBN 978-7-5302-1709-2
定　价　36.00 元
质量监督电话　010-58572393

版权所有，未经书面许可，不得转载、复制、翻印，违者必究。